D1984707

ro
ro
ro

**Mit Illustrationen von Wolfgang Slawski**

Nach einer ZDF-Kinderserie von Mario Giordano und Christian Matzerath

Christian Matzerath

# Geniale Ganoven

## ... entführen Billys Bären

Rowohlt Taschenbuch Verlag

*Für Claudia*

Originalausgabe
Veröffentlicht im Rowohlt Taschenbuch Verlag,
Reinbek bei Hamburg, Februar 2006
Copyright © 2006 by Rowohlt Verlag GmbH,
Reinbek bei Hamburg
Alle Rechte vorbehalten
Lektorat Christiane Steen
Umschlag- und Innenillustrationen Wolfgang Slawski
Umschlaggestaltung any.way, Andreas Pufal
rotfuchs-Comic Jan P. Schniebel
Satz Minion PostScript, QuarkXPress 4.11,
bei KCS GmbH, Buchholz i. d. Nordheide
Druck und Bindung Druckerei C. H. Beck, Nördlingen
Printed in Germany
ISBN 13: 978 3 499 21321 2
ISBN 10: 3 499 21321 4

# Eine gute Nachricht

Die Ganoven im *Café Lebenslänglich* starrten auf den Fernseher über der Theke und verfolgten aufmerksam die «Diebesschau» mit Susanne Raubner.

«Und nun noch eine Nachricht aus der Region: Einem Insassen des städtischen Kinderheims ‹Haus Regenbogen› ist es gelungen, aus dem Heim zu fliehen», verlas die Moderatorin. «Der 10-jährige Nils gilt seit gestern als vermisst. Er wurde zuletzt gegen 16:00 Uhr im Toystore ‹Microplüsch› in der City gesehen. Zwei Kaufhausdetektive haben ihn beim Abzocken eines Teddybärchens erwischt. Nils ist etwa 1,50 Meter groß, hat blondes, gelocktes Haar und braune Augen. Er trug eine rote Jacke mit Streifen, ein dunkelblaues Sweatshirt mit beigefarbenem Kragen, Jeans und dunkle Sportschuhe. Wer Hinweise hat, hält gefälligst dicht! Wir wollen ja nicht, dass er wieder zurück ins Heim muss. Und damit zu Lydia Langfinger und der Wetterschau.»

«Lokalrunde, Kuddel!», rief ein Ganove. «Das muss gefeiert werden. Auf den kleinen Ausbrecher!» Die Gäste im *Lebenslänglich* jubelten und riefen: «Nieder mit den Kinderknästen!» und «Aus dem Jungen wird mal ein großer Ganove!»

«Die Wetterschau bei Crime TV wird Ihnen präsentiert

von ... Extortol, dem Halstonikum für den Ganoven – verzerrt jede Stimme bis zur Unkenntlichkeit! Macht aus jeder noch so harmlosen Weicheistimme eine böse Verbrecherröhre», pries eine Stimme, die offenbar genau diesen Spezialsaft getrunken hatte, so sehr krächzte sie.

Nach dieser Werbeeinblendung erschien Lydia Langfinger, die Wetterfee von Crime TV, auf dem Bildschirm. Sie machte keinen glücklichen Eindruck.

«Hallo, liebe Kollegen, ich sag's gleich vorweg, damit keine falschen Hoffnungen aufkommen: Der Winter hält uns weiter in Geiselhaft.»

Lydia lächelte dünn und mitleidig in die Kamera. Sie zeigte mit den berühmten langen Fingern auf die Wetterkarte, wo ein grauer Fleck mit einem T und eine stilisierte Schneeflocke über Norddeutschland hingen.

«Aus der Polarregion kommt dieses mörderische Tief und überfällt uns mit Schnee und Temperaturen mit bis zu −10°C. Was bedeutet das für Sie, liebe Kollegen? Kälte, Eis und Schnee behindern den Klaubetrieb. Fachleute empfehlen, knifflige Coups und Kleinkriminalität unter freiem Himmel auf wärmere Tage zu verschieben. Und Recht haben sie: Bei der Kälte macht das Geschäft einfach keinen Spaß!»

Das Bild hinter ihr wechselte in die Temperaturvorhersage für die Nacht.

«Die kommende Nacht soll auch im Flachland richtig knackig kalt werden – um die −18°C! Außerdem Glättegefahr auf den Straßen. Da gerät die Flucht im Gangstermobil schnell zur Schlittenfahrt!»

Lydia faltete die Hände und sprach jetzt ganz besonders eindringlich in die Kamera: «Wer bei den Temperaturen unbedingt rausmuss, sollte eine Mütze aufziehen! Denn mit Gehirnfrost im Schädel lassen sich schlecht krumme Dinger aushecken. Besseres Wetter und fette Beute wünscht Ihre Lydia Langfinger.»

## Eine schlechte Nachricht

Die Fleischwurst mit dem Clownsgesicht auf dem Butterbrot grinste irgendwie hämisch, fand Jasper. So als wüsste sie, dass gleich etwas passieren würde. Und tatsächlich: Jasper hatte dem Clown noch nicht das linke Ohr abgebissen, da verkündete sein Vater: «Familie, ich stelle mich erst auf Skier, wenn wir Nils zurück ins Heim gebracht haben!»

Jasper und seine Mutter schauten ihn fragend an.

«Die SoKo braucht mich. Unser Kurzurlaub fällt ins Wasser. Tja, erst die Arbeit, dann das Vergnügen.»

«Och, Menno! Ich wollte doch den Snowboardkurs machen», protestierte Jasper. «Den Ausreißer findet die Bull… äh, Polizei doch auch ohne deine Hilfe, Papa.»

Kriminalhauptkommissar Heinz Schlösser und seine Frau Christa schauten ihren Sohn vorwurfsvoll an.

«Was ist, wenn ich den Kollegen nicht helfe, und sie fin-

den den Jungen erst, wenn er längst erfroren ist?», fragte sein Vater.

«Das Leben dieses Jungen ist doch wohl wichtiger als dein Snowboardkurs, findest du nicht?», fragte Jaspers Mutter eindringlich.

Sie hatten natürlich Recht. Jasper verfluchte diesen Nils. Musste der ausgerechnet im Winter aus dem Heim weglaufen?

«Wir werden mit allen verfügbaren Kräften jeden Winkel der Stadt nach dem Jungen absuchen, bis wir ihn gefunden haben», sagte Heinz entschlossen, biss energisch in ein Senfgürkchen und sagte dann schmatzend: «Eine solche Polizeiaktion hat es in unserer Stadt noch nicht gegeben!»

Jasper begriff die Gefahr, die in den Worten seines Vaters steckte, und fasste einen Entschluss.

## Schlittenfahrt

Mathilde wohnte in derselben Siedlung wie Jasper, sogar in derselben Straße. Sie wohnte auf der einen Seite, Jasper auf der anderen. Ihre Zimmer waren nur etwa hundert Meter Luftlinie voneinander entfernt. Die Corellistraße beschrieb einen großen Kreis durch die Siedlung. Außerhalb des Kreises, auf Jaspers Seite, hatte die Baugesellschaft Bungalows errichtet, auf der inneren Mathilde-Seite Hochhäuser. Die Leute in den Bungalows fuhren Neuwagen, Mercedes, BMW, Sportwagen, die im inneren Teil der Siedlung Kleinwagen, meist ältere Modelle, manchmal aufgemotzt und selbst lackiert. Die «Flachländer», wie Mathilde die Bungalowbewohner nannte, sah man eigentlich kaum auf der Straße, nur wenn sie vom Einkaufen oder der Arbeit nach Hause kamen oder wenn sie in Urlaub fuhren. Die «Highländer» waren, sooft es ging, draußen. Schon bei den ersten Sonnenstrahlen bevölkerten sie die Grünflächen zwischen den Hochhäusern, bauten ihren Grill auf und feierten mit Kind und Kegel oft bis in die Abendstunden.

Jetzt im Winter machten sich die Kids aus den Highlands einen Spaß daraus, die großen Autos mit Schneebällen zu bewerfen.

Als Jasper an diesem Morgen die Corellistraße überquerte, um Mathilde zu besuchen, spielten nur ein paar Kinder zwischen den Hochhäusern. Die meisten anderen waren im nahe gelegenen Schlosspark Schlitten fahren.

Mathilde war bestimmt nicht dabei, das wusste Jasper sicher. Für Mathilde war es draußen momentan mindestens 30 Grad zu kalt. Sie hasste den Winter. Seit Tagen stand die Heizung in ihrem Zimmer auf 5, und sie trank literweise Yogi-Tempel-Tee.

Jasper klingelte dreimal kurz und einmal lang, wie immer, wenn sie zu geheimen Treffen verabredet waren.

Es dauerte keine zwei Sekunden, da summte schon der Türöffner, und Jasper betrat das Haus. Die Aufzugtür stand offen, aber Jasper nahm die Treppe. Das war sicherer, fand er. Die Wahrscheinlichkeit, dass ein älterer Aufzug wie dieser stecken blieb, lag bei 5 Prozent, schätzte er, und die Kiste war auch nicht deutlich schneller, als er laufen konnte.

Keuchend betrat er Mathildes Wohnung.

«Hey, Partner!», begrüßte ihn Mathilde aufgeregt und schob ihn gleich in ihr Zimmer. «Geht's wieder los? Sag schon! Hast du endlich einen neuen … Plan?»

«Psssst!», machte Jasper, schloss die Zimmertür, zog die

Vorhänge vor dem Fenster zu und stellte Mathildes CD-Player an, in dem seit Wochen ihr Lieblingssong steckte.

Mathildes Eltern schufteten ziemlich viel – «Alles für dich, mein Schatz», sagte Mathildes Mutter immer – und waren deshalb selten zu Hause. Jasper war trotzdem lieber vorsichtig. Er traute Wohnungen in Mehrparteienhäusern nicht. In den Nachbarwohnungen konnte immer ein Spitzel sitzen und mithören.

«Du meinst: ob ich einen Plan für die Modelleisenbahn habe?», fragte er.

Mathilde verdrehte die Augen. Jasper sprach wieder in Geheimsprache. Auf die Idee war er nach ihrem ersten Coup gekommen. Damals hatte er beschlossen, dass sie nicht mehr offen über Coups oder das *Café Lebenslänglich* sprechen dürften, bis sie sicher sein konnten, dass wirklich kein Bulle vom Pokal-Coup Wind bekommen hatte. Nach seinen Berechnungen mussten sie sich 185 Tage bedeckt halten. Wenn es sich gar nicht vermeiden ließ, dann sollten sie über «Modelleisenbahnen» reden. Mathilde fand, Jasper übertrieb die Vorsichtsmaßnahmen. Ihr Coup lag fünf Monate zurück. Seit dem waren sie nicht mehr im *Lebenslänglich* gewesen, Jasper hatte seinen schwarzen Anzug in den Schrank gehängt, in der ganzen Zeit keinen einzigen Krimi mehr gelesen und sich wieder mehr bei den Schülerlotsen engagiert.

Aber Mathilde blieb nichts anderes übrig, als in Jaspers Geheimsprache zu reden, wenn sie überhaupt etwas von ihm erfahren wollte.

«Klar, Modelleisenbahn, was sonst?», fragte sie. «Hast du eine neue ‹Spurbreite› entdeckt? Eine ‹Lok› aufgetrieben?»

Jasper schüttelte den Kopf und sagte besorgt: «Die ‹Minitrixlandschaft› muss dringend überholt werden! Wir müssen ins ‹Fachgeschäft›.»

«Du meinst, wir gehen wieder ins *Lebens*...?»

«Ins ‹Fachgeschäft›. Genau.»

Mathilde jauchzte vor Begeisterung.

«Aber nur ganz kurz! Wir warnen den Chef, kaufen etwas ‹Material› und sind sofort wieder weg!»

«Warnen? Wovor?»

«Die ‹Konkurrenz› ist in der Stadt. Wenn sie das ‹Fachgeschäft› finden, dann schließen sie es!»

«Die Grünen? Aber sie kennen doch die Adresse gar nicht!»

«Die kannten wir damals auch nicht und haben es trotzdem entdeckt.»

«Klar, Partner! Wann drehen wir das Ding?»

Jasper räusperte sich. «Heute! Vorher machen wir aber erst mal eine ‹Schlittenfahrt›.»

«Verstehe!», grinste Mathilde und knipste mit einem Auge. «Eine ‹Schlittenfahrt›! Da zieh ich mich wohl besser warm an bei der Kälte, was?»

«In einer halben Stunde. Vor meiner Haustür?»

«Abgemacht – Partner!»

Um Punkt 12:33 Uhr wartete Jasper auf einem Schlitten vor der Garage des Bungalows. Seine Mutter hatte darauf bestanden, dass er bei dem Wetter den Skianzug trug, den sie für den Urlaub im Internet ersteigert hatte. Jasper kam sich darin vor wie die Kids aus den Highlands, die immer zu große Sachen trugen, damit sie nicht so schnell herauswuchsen. Und dann die Mütze, die Oma ihm zu Weihnachten geschenkt hatte! Eine selbst gestrickte Pudelmütze! In Orange! Auffälliger ging es gar nicht mehr.

Als Jasper Mathilde auf der anderen Straßenseite entdeckte, nahm er die Mütze unwillkürlich ab und stopfte sie in seine Jacke. Mathilde sah aus, als hätte sie gleich ein Fotoshooting für den «Young-Winter-Fashion»-Modekatalog: Hitech-Arktik-Daunenjacke mit pelzbesetzter Kapuze und Stiefel im Moschusochsenfelllook. Jasper rutschte ein «Wow!» raus.

«Brrrr, ist das kalt!», bibberte Mathilde und tat so, als hätte sie Jaspers Begeisterung nicht mitbekommen.

«Och», sagte Jasper nur und spürte bereits, wie seine Ohren kalt wurden.

«Was willst du mit dem Schlitten?», fragte Mathilde.

«Na, Schlitten fahren!»

«Aber ich dachte, du meintest mit ‹Schlittenfahrt› eine … du weißt schon.»

«Ja, meinte ich auch. Genau deshalb nehmen wir den Schlitten ja mit.»

Mathilde rollte mit den Augen. Manchmal waren Jaspers Vorsichtsmaßnahmen ganz schon anstrengend.

Die beiden stiefelten los Richtung Rattenfeld, einer riesigen Wiesenfläche, auf der seit Jahren «mit Mitteln der Stadt und des Landes» gebaut werden sollte, wie ein Schild anzeigte. Bisher hatten hier aber nur die Ratten ihre unterirdischen Gänge gebaut, von Neubauten keine Spur. Das Feld lag zwischen ihrer Siedlung und der Bahnlinie.

«Lass uns mit dem Ding fahren, anstatt es durch die Kälte zu schleppen», schlug Mathilde vor.

«Okay, aber du ziehst», sagte Jasper und setzte sich auf den Schlitten.

«Ziehen? Pfff!», sagte Mathilde spöttisch und setzte sich vor Jasper, der nicht verstand, wie der Schlitten auf der platten Wiese fahren sollte.

Mathilde schloss die Augen und konzentrierte sich. Sie atmete ruhig ein und aus, weiße Wölkchen stoben aus ih-

rer Nase. Nach einer Weile zog sie ein japanisches Stäbchen unter ihrer Kapuze hervor und hielt es in die Luft. Die Spitze begann zu leuchten. Mathilde drehte das Stäbchen, so als würde sie einen Teller darauf balancieren. Plötzlich rieselte goldener Glitzer aus dem Nichts zu Boden, und der Schlitten bewegte sich ruckelnd.

«Füße hoch!», befahl Mathilde.

Der Schlitten nahm schnell Fahrt auf, und nach ein paar Metern musste Jasper Mathilde umklammern, um nicht runterzufallen. Der Schlitten schoss über die Wiese, als würde er von einer Meute unsichtbarer Schlittenhunde gezogen.

«Huhuuu!», rief Jasper. «Kuddel, wir kommen!»

## Casting für die Räuportage

Das *Café Lebenslänglich* war an diesem Tag so voll mit Ganoven wie vor einem halben Jahr der Fanblock der Fortuna beim großen Tipp-Kick-Finale in der JVA. Die Polizei hätte die halbe Unterwelt auf einen Schlag festnehmen können, wenn sie gewusst hätte, wo sich ihr geheimer Treffpunkt befand.

Die Luft im *Lebenslänglich* war so dick, dass man sich fast den Kopf daran stieß. Die Heizung brüllte, und die Ganoven tranken literweise Kuddels berühmtes «Frostschutzmittel». Während die einen über das Wetter fluchten, feierten die anderen den zweiten erfolgreichen Ausbruch aus dem Kinderheim Regenbogen.

«Kaum ausgebrochen, klaut der Kleine im Kaufhaus Stofftierchen. Genau wie sein Kumpel gestern. Was die Kids an dem Plüschzeug bloß finden?», fragte ein Ganove in die Runde.

«Alles Weicheier, wenn ihr mich fragt», meinte ein anderer Ganove. «Die Kids leben heute in Außenwohnheimen, haben Freigang, und ihre Pfleger sind die absoluten Lutscher. Wenn ich da an die Heime zu meiner Zeit denke. Das waren die reinsten Gefangenenlager!»

«Na, so gemütlich kann es im ‹Regenbogen› auch nicht sein, wenn die Jungs bei den Temperaturen abhauen», gab ein Dritter in der Runde zu bedenken. «Mistwetter!», murmelten die anderen.

Neben ihnen an der Theke stand mit einem Mikrophon in der Hand Harry Singvogel. Harry war ein beliebter TV-Moderator bei Crime TV, dem Sender der Ganoven. Er moderierte die Samstagabend-Show «Beute heute», in der er die neuesten Trends im Klaubusiness vorstellte. Da gab er Tipps zu Einbrecherwerkzeug, verriet, welche Kollegen demnächst aus dem Knast entlassen werden würden und welche Ganovenbraut mit welchem Ganoven liiert war. Außerdem plauderte er mit berühmten Gästen aus der Szene über Gott und die Unterwelt.

Neuerdings zeigte Harry bei «Beute heute» Coups, die er mit der Kamera live begleitete. «Räuportage» nannte er solche Einspieler, und sie kamen bei den Zuschauern sehr gut an.

Harry moderierte in die Kamera, die sein Kameramann Alex auf ihn richtete: «Wir befinden uns im *Café Lebenslänglich*, in der geheimen Keimzelle des Bösen, liebe Zuschauer. Hier am Puls des Verbrechens möchte ich herausbekommen, wie die Stimmung in der Unterwelt ist. Und vielleicht finde ich hier ja auch den nächsten Kandidaten für eine Räuportage.»

Neben Harry wartete Kuddel geduldig auf seinen Einsatz und trocknete derweil das ungefähr dreimillionste Teeglas seiner Kellnerkarriere ab. Dabei schaute er so zufrieden, als könnte es nichts Schöneres geben.

«Kuddel, alte Kanalratte!», wandte sich Harry lachend an den Wirt und boxte ihm auf den Oberarm. «Gut drauf trotz der Eiseskälte im Lande?»

Er hielt Kuddel das Mikrophon unter die Nase.

«Blöde Frage, Harry. Ich mach ordentlich Reibach mit Heißgetränken.»

«Ach ...»

«Am zweiten Frosttag hab ich die Happy Hour abgeschafft, seit dem dritten müssen die Gäste Eintritt löhnen, und die Preise für heiße Getränke hab ich ordentlich hochgejagt. Wer sich beklagt, fliegt raus. Klar bin ich gut drauf.»

«Und wie schmeckt das deinen Gästen?»

«Du kennst doch meine Drinks, Harry. Super, ist doch logo.»

«Ich meine natürlich deine Wucherpreise.»

«Das ist ein Ganovencafé und nicht das missionarische Hilfswerk, Harry», lachte Kuddel.

«Du hast es echt raus, Kuddel. Sag mal, du wärst überhaupt der Kandidat für die nächste Räuportage – keine Lust?»

Kuddel winkte mit dem Handtuch ab: «Ich war lange genug im Knast. Das brauche ich nicht nochmal. Außerdem habe ich zu tun.» Kuddel verzog sich hinter die Theke, wo er den Samowar mit heißem Wasser befüllte.

«Tja, der ist auch nicht mehr der Alte», seufzte Harry. «Dann befragen wir mal die Gäste.»

Harry sah sich ein wenig ratlos im Café um und erspähte vier Schabracken, die an einem Tisch pokerten. Jede von ihnen spielte mit gezinkten Karten, wie sich das für echte Falschspieler gehört. Harry ging auf sie zu, Alex folgte mit der Kamera.

«Hallo, Kolleginnen, darf ich stören?», fragte Harry und hielt das Mikrophon in die Runde.

Die vier schauten irritiert von ihren Karten auf und erkannten den Moderator.

«Harry! Haben sie dich beim Fernsehen rausgeschmissen, weil du immer noch diese hässlichen Karoanzüge trägst?», witzelte Grete, die Älteste. Ihre Kolleginnen lachten.

«Sehr lustig», sagte Harry leicht beleidigt. «Sagt mal, ich suche Ganoven mit Mumm in den Knochen für meine Show. Kennt ihr da zufällig jemanden?»

«Nimm uns! Zusammen haben wir 198 Jahre Berufserfahrung auf dem Buckel», bot Bernadette an.

«Was denn? Wollt ihr euer Altenheim überfallen?», zog Harry sie auf. Alex lachte, die Falschspielerinnen fanden es gar nicht komisch.

Grete winkte mit einem karierten Portemonnaie in die

Kamera: «Was sollen wir in einer Show, deren Moderator sich das Geld aus der Tasche ziehen lässt?»

«Hey!», protestierte Harry. «Her damit!»

«Stör uns nicht weiter beim Zocken, dann bekommst du dein Geldbeutelchen wieder.»

Harry nahm das Portemonnaie und trollte sich. Die Kamera folgte ihm zum nächsten Tisch, wo zwei Ganoven miteinander tuschelten. Harry sprach in die Kamera: «Ich fress die Karos von meinem Jackett, wenn hier nicht gerade ein Coup ausbaldowert wird.»

Harry hielt das Mikrophon über die beiden.

«Was willst du denn, Fernsehfuzzi?», maulte der eine.

«Ah, die Brockmanns!», bemerkte Harry. «Die perfekten Kandidaten für meine Show! Ihr seid doch Profis und habt sicher einen Coup auf Lager, oder?»

Harry konnte davon ausgehen, dass ein Coup der Brockmanns komplett in die Hose gehen würde. Die beiden waren viel zu dämlich für so einen Job. Was jeder wusste, nur die beiden Brüder nicht.

«Klar haben wir einen Coup, aber ...», wollte Heiko gerade erklären, doch Ulf unterbrach ihn: «Wir sind ja nicht dämlich!», sagte er extra laut in die Kamera. Er konnte sich einfach nicht vorstellen, wie ihn die Fernsehzuschauer sonst verstehen sollten, wo sie doch so weit weg waren.

«Darf ich fragen, was eure genialen Gehirne ausgetüftelt haben?»

«Klar, Alter. Fragst du!», sagte Heiko.

Harry blickte irritiert in die Kamera.

«Frag schon, oder hast du Schiss?», drängte Heiko.

«Also gut: Was habt ihr ausgeheckt?»

«Wir sind jetzt Partners von …», polterte Ulf los. Weiter kam er nicht: Heiko verpasste Ulfs rechtem Oberschenkel einen Pferdekuss: «Auaaa!»

«Fragen darfst du, aber antworten tun wir nicht. Hat der Chef verboten!», erklärte Heiko Harry. «Ist voll geheim!»

«Schade, ihr hättet gute Chancen für den ‹Ganoven des Jahres›», log Harry.

## Ein verlockendes Angebot

Jasper wäre zu gerne die gesamte Strecke bis zum *Café Lebenslänglich* mit dem vertricksten Schlitten gefahren. Was aber natürlich an der nächstbesten Kreuzung einem Polizisten aufgefallen wäre, der ihnen dann eine zehnminütige Standpauke über die Gefahren und Vorsichtsmaßnahmen im Straßenverkehr gehalten hätte. Deshalb nahmen die beiden lieber die S-Bahn. Zwei Haltestellen vor der Endstation begann es zu schneien, so, wie es Lydia Langfinger vorausgesagt hatte.

Mathilde zog die Kapuze auf. Jasper überlegte kurz, ob er die Pudelmütze aufsetzen sollte, ließ es aber sein. So weit war es nun auch wieder nicht bis zum *Lebenslänglich*. Das Café lag in einem Viertel der Stadt, um das jeder einen großen Bogen machte, der hier nicht wohnte.

Die beiden waren nahezu die Einzigen, die jetzt zu Fuß in dem runtergekommenen Viertel unterwegs waren. Nur hier und da leuchtete ein Paar Autoscheinwerfer durch die Schneeflockenwand. Es war eigenartig still um sie herum, ihr Atmen und das Knirschen ihrer Schritte im Schnee waren noch am deutlichsten zu hören. Mit dem Schlitten im Schlepptau kam sich Jasper vor wie ein Polarforscher.

«Ob sie uns wiedererkennen werden?», fragte Mathilde.

«Wer?»

«Na, die Jungs im … ähm, Modellbauladen.»

«In unserem Aufzug bestimmt nicht», überlegte Jasper.

«Wieso reicht es eigentlich nicht, wenn wir nur fünf Monate untertauchen? Warum ausgerechnet ein halbes Jahr?»

«Weil das sicherer ist.»

«Erinnerst du dich an den Geschmack von Nacht und Nebel?», schwärmte Mathilde. «Echt kriminell, die Mischung!»

Jasper blieb hart. «Keine Getränke heute! Wir warnen die Kollegen und machen sofort wieder 'nen Abflug!»

Fast wären sie an der Gasse, in der der geheime Zugang zum *Café Lebenslänglich* lag, vorbeigelaufen.

«Stopp!», sagte Mathilde. «Hier müssen wir rein, oder?»

Jasper schaute sich unsicher um. «War hier nicht ein Call-Shop?»

«Stimmt, aber das verfallene Haus steht noch.»

Als Jasper in die dunkle, enge Gasse lugte, beschlich ihn gleich wieder dieses Gefühl, davonlaufen zu wollen. Mathilde wollte schon losgehen, als Jasper sie zurückhielt. «Achtung! Froschwanderung!»

Auf der anderen Straßenseite stiegen zwei Polizisten aus einem Einsatzwagen und betraten eine Bäckerei.

Jasper zog Mathilde von der Gasse fort. «Nicht hingucken!»

Sie gingen die Straße weiter hoch und ließen die Gasse hinter sich. Als sie der grün-weiße Polizeiwagen endlich überholt hatte und im Schnee verschwunden war, machten sie kehrt und huschten unbemerkt in die Gasse.

Die Häuser standen so nahe beieinander, dass der Schnee die Öffnung zwischen den Häuserdächern nicht zu finden schien. Jaspers Schlitten jedenfalls kratzte über nur leicht geweißte Pflastersteine. Die Gasse war so verlassen wie damals im Sommer, und auch die Sperrmöbel standen noch an den Häuserwänden, aber alles erschien Jasper noch unheimlicher. Ganz anders Mathilde: Sie hüpfte in freudiger Erwartung über das nasse Pflaster.

«Da ist es!», rief Mathilde und lief auf ein Straßenbauzelt zu, das neben einer Häuserwand aufgeschlagen war.

Der geheime Eingang des *Café Lebenslänglich.*

«Komm schon, Jas, worauf wartest du?», rief Mathilde.

Jasper schaute sich noch einmal um, ob die Luft auch rein war, dann eilte er zu ihr hinüber.

«Und denk dran ...»

«Jaja, gleich wieder raus!», stöhnte Mathilde.

Die zwei steckten gerade ihre Köpfe in das Zelt, als ...

«Hey, ihr da! Was habt ihr da zu suchen?», rief eine Stimme.

Mathilde und Jasper schauten sich panisch um, konnten aber niemanden entdecken.

«Das ist eine Baustelle! Spielt gefälligst woanders!»

Jetzt entdeckten sie den Mann.

Es war kein Polizist.

Jasper atmete auf.

Der Typ kam näher. Er trug die orangefarbene Kleidung eines Straßenarbeiters.

«Soll ich ihn vertricksen?», fragte Mathilde und zog schon ein Stäbchen aus ihren Haaren.

«Kein Ärger», entschied Jasper und lächelte den Bauarbeiter freundlich an.

Der Mann baute sich vor ihnen auf und musterte die beiden mit prüfendem Blick. Mathilde hielt seinem Blick stand.

«Was wollt ihr hier?», fragte er.

«Wir haben uns verlaufen», sagte Jasper unschuldig.

«Stimmt ja gar nicht!», sagte Mathilde. «Wir wollten mal schauen, was da in dem Zelt ist.»

Jasper glaubte sich verhört zu haben. Mathilde redete sie um Kopf und Kragen!

«Was habt ihr gesehen?», fragte der Bauarbeiter und drängte sie an die Hauswand.

«Och, eigentlich nichts», antwortete Jasper. «Und wir sind auch schon wieder weg.»

«Also ich hab was gesehen! Da war eine Tür.»

«Ihr habt was? Das tut mir Leid für euch», sagte der Arbeiter, packte die beiden am Kragen und stieß sie die Treppe hinab. Er öffnete die Tür und schob sie in das Café.

«Kollegen, mal herhören!», rief der Bauarbeiter in den dichten Rauch des Cafés. Die Ganoven drehten sich zu ihnen um. «Ich habe hier zwei geschnappt, die unseren geheimen Treffpunkt entdeckt haben.»

Einen Raunen ging durch die Menge.

Die Ganoven kamen näher und starrten Mathilde und Jasper gefährlich an. Kuddel kam nach vorne und baute sich vor den beiden auf. Er packte Mathildes Kinn. «Die Fratze kenne ich irgendwoher», sagte Kuddel heiser und zog Mathilde die Kapuze vom Kopf. Auf einmal bebte seine Unterlippe, und seine Augen bekamen einen feuchten Glanz. «Beim großen Giordani! Ihr seid es wirklich?»

Mathilde strahlte.

«Kollegen, Mathilde und Jasper sind wieder da!», rief Kuddel.

Die Menge jubelte.

«Lasst euch anschauen! Ihr seht ja aus wie die letzten Klassenstreber! Na, egal, in meine Arme mit euch zwei Halunken!», befahl Kuddel und drückte Jasper und Mathilde an sich. «Mann, haben wir euch vermisst!»

Jasper fiel eine ganze Lkw-Ladung Ziegelsteine vom Herzen, und jetzt erkannte er auch den Bauarbeiter, der sich die Wiedersehensszene gerührt anschaute: Es war Rapp, der Zocker, der damals im Tipp-Kick-Team der Ganoven mitgespielt hatte. Nachdem er sensationell gegen Wachtmeister Reinhardt gewonnen hatte, war er von der Gefängnisdirektion aus dem Knast entlassen worden.

«Das muss gefeiert werden. Lokalrunde!», rief Kuddel.

Wieder johlte die Menge.

«Hängt euch auf, bin gleich wieder da!», sagte Kuddel und ließ die zwei stehen.

«Ganz schön Muffensausen bekommen, was?», lachte Mathilde und knuffte Jasper in die Seite.

Gerade überlegte Jasper, ob er sie durchkitzeln oder ihr eine Kopfnuss verpassen sollte, da schob sich ein Mikrophon zwischen die beiden, und der Scheinwerfer einer Kamera blendete sie.

«Liebe Zuschauer, soeben hat Jasper Schlösser das Café betreten, der Meister des doppelten Spiels!», moderierte Harry mit der Stimme des Sensationsreporters. «Und mit ihm seine zauberhafte Komplizin: Magic Mathilde!»

«Hallo, Harry!», grüßten die beiden Freunde ein wenig verschämt.

«Wo habt ihr so lange gesteckt?», hakte Harry nach.

«Nun lass die beiden sich doch erst mal setzen», mischte sich Kuddel ein und führte sie nach hinten. Harry und Alex folgten ihnen.

Die Ganoven klopften Jasper und Mathilde im Vorbeigehen auf die Schulter oder prosteten ihnen aus der Entfernung zu. Die Stimmung im *Café Lebenslänglich* war mit einem Mal prächtig.

Nur Heiko und Ulf waren nicht begeistert.

«Eh, das Ohrfeigengesicht und die Tussi sind wieder da!», stänkerte Ulf zur Begrüßung und erntete dafür Strafblicke von allen Seiten. Früher hätte Heiko den beiden gleich mal die Portemonnaies abgezockt. Aber seit dem Pokal-Coup standen Mathilde und Jasper unter dem persönlichen Schutz von Kuddel. Sie waren so was wie die Maskottchen des *Café Lebenslänglich.*

«Schiebt ab, ihr Dumpfbacken!», herrschte Kuddel die Brüder an. «Die Plätze sind reserviert!»

«Wir gehen eh gleich wieder.» Jasper wollte keinen Ärger mit den Brockmännern, aber Kuddel duldete keine Widerrede.

«Wir waren aber zuerst hier!», protestierte Ulf.

«Wenn ihr nicht sofort aufsteht, wart ihr das letzte Mal hier!», drohte Kuddel, und die Brüder räumten die Plätze.

«Irgendwann bist du alleine, Würstchen, ohne die Zaubertussi! Und dann kriegen wir dich!», drohte Heiko.

Maulend verließen die beiden das Café.

«Was trinkt ihr?», fragte Kuddel.

«Danke, Kuddel, nichts. Wir wollen eigentlich nur – wir haben was Wichtiges zu bereden ...»

«Später. Erst mal ein Frostschutzmittel!», entschied Kuddel. «Bin gleich wieder da!»

Und weg war er.

«Guck nicht wie ’ne Zitrone, Jas!», sagte Mathilde und hielt ihre Finger an die Heizung an der Wand. «Wir wärmen uns doch nur ein bisschen auf!»

«Na gut, warten wir halt auf Frostschutzmittel», lenkte Jasper ein. Etwas Heißes konnte nicht schaden: Sein Kopf fühlte sich an wie ein Eisblock.

Neben ihnen moderierte Harry in die Kamera: «Liebe Zuschauer. Vor 152 Tagen aus der Unterwelt verschwunden, doch nun in der absoluten Eiszeit sind sie wieder da:

Mathilde und Jasper. Euer bisher größter Coup war der Pokalklau. Was kommt als Nächstes, Jasper?»

Harry hielt Jasper das Mikro unter die Nase.

«Ähm, nichts!», antwortete Jasper irritiert.

«Haha, guter Scherz! Zwei geniale Ganoven wie ihr, ihr habt doch was ausgeheckt. Wozu solltet ihr sonst hier auftauchen, nach so langer Zeit?»

«Die Bullen ...»

«Ihr werdet verfolgt?»

«Nein, die Bullen suchen diesen Jungen aus dem Heim, und da dachten wir ...»

«Heute Morgen ist ja noch einem die Flucht gelungen», unterbrach ihn Harry. «Find ich klasse!»

Gerade wollte Jasper erklären, warum das überhaupt nicht klasse war, da brachte Kuddel die Getränke. Er servierte vier Tassen mit einer dampfenden dunkelgrünen Flüssigkeit.

«Meine Spezialmischung gegen Gehirnfrost.»

«Gehirnfrost?» Jasper schaute leicht verunsichert.

Kuddel erklärte: «Wenn der Körper unterkühlt wird, zirkuliert das Blut langsamer, die Synapsen im Gehirn bekommen weniger Sauerstoff, und die Denkfähigkeit friert regelrecht ein.»

Jasper musste an die Pudelmütze in der Jacke denken und nippte besorgt am Frostschutzmittel. Es schmeckte irgendwie nach aufgekochtem Pfefferminzkaugummi mit einem Schuss Haarspray, fand er, aber er ließ sich nichts anmerken. Solange es gegen Gehirnfrost half.

«Schieß los! Was gibt es Wichtiges?», fragte Kuddel.

Jasper machte ein ernstes Gesicht.

«Die Bullen ziehen eine Riesenaktion durch. Sagt mein Papa. Bald wimmelt es in der Stadt von Grünen. Sie suchen die Heimkinder!»

«Hoffentlich erfolglos!», fand Kuddel.

«Äh, ja, aber die Bullen suchen überall!»

«Dann wird es schwer für die Kinder!»

Jasper verdrehte die Augen. Wollte ihn denn niemand verstehen? «Und das *Lebenslänglich*!!?»

«Stimmt, die russischen Kollegen rennen mir die Bude ein!», überlegte Kuddel. «Die Kälte macht denen nichts aus, aber wenn die Stadt voller Bullen ist, vergeht selbst denen die Lust. Ich muss ein paar Tische wegräumen, sonst finden die keinen Platz! Ihr entschuldigt mich?»

Kuddel zog ab.

Jasper schaute ihm sprachlos nach.

«Der ist aber schwer von Kapee», kicherte Mathilde.

«Tja, Alex», sagte Harry zu seinem Kameramann, «das war's dann wohl mit unserer Räuportage.»

Mathilde horchte auf. «Was denn für eine Reportage?»

«Räuportage! Wir begleiten Ganoven live bei ihren Coups. Alex filmt, ich interviewe. Das wird dann als Special in der Show gebracht. Die Zuschauer können per SMS wählen, welcher Coup ihnen am besten gefällt. 3,29 Euro pro SMS, nebenbei bemerkt. Jedenfalls wird der Coup mit den meisten SMS ‹Ganove des Monats›, vielleicht sogar ‹Ganove des Jahres›. Momentan herrscht aber

Flaute. Kein Wunder bei dem Wetter. Und jetzt auch noch der Bullengroßeinsatz.»

Mathilde schaute Jasper an wie ein Hündchen, das um einen Knochen bettelt: «Ganove des Monats, Jas!»

«Hallo, Mathilde!», erinnerte Jasper. «Wir sind aus dem Geschäft! Schon vergessen?»

«Wie? Aus dem Geschäft? Ihr seid im *Café Lebenslänglich*, das ist mittendrin im Geschäft», bemerkte Harry.

«Ja, nein, aber doch nur ... selbst wenn wir wollten, wir haben keinen Plan für einen Coup!»

«Das sollte für einen genialen Ganoven wie dich doch kein Problem sein», lockte Harry.

«Du hast doch bestimmt noch irgendwo eine alte Idee, die mit dem passenden Trick von mir einen super Coup abgibt!» Mathildes Wangen glühten vor Begeisterung.

«Wenn ihr euch mit einer Räuportage in der Szene zurückmeldet, mit deinen genialen Ideen und Mathildes magischen Tricks, das wäre die Überraschung! Ihr bekämt ein super Voting, da bin ich sicher, so wahr ich Harry Singvogel heiße.»

Jasper schüttelte den Kopf.

«Ihr habt Schiss, weil der Coup bei Crime TV ausgestrahlt wird, hab ich Recht?»

«Quatsch!»

Und ob er Recht hatte. Nachdem Mathilde und Jasper damals bei Harry in der Show gewesen waren, hatte Jasper noch wochenlang geträumt, die Bullen hätten einen Crime-TV-Decoder geknackt. Sein Vater saß in diesem

Traum mit einem extragroßen Glas Senfgürkchen im Fernsehsessel und schaute «Beute heute». Als dann Mathilde und Jasper die Bühne bei Harry betraten, gab er sofort eine Großfahndung nach ihnen raus. Kurze Zeit später stürmte ein Einsatzkommando das Studio und nahm Jasper und Mathilde fest. Genau in dem Moment wachte Jasper jedes Mal auf.

Kein Wunder, dass Jasper ein wenig besorgt war.

Harry beruhigte sie. «Hey, Leute, der Sender ist noch sicherer als damals. Unser Programm sehen nur geprüfte Knackis. Niemand sonst bekommt den Crime-TV-Decoder. Die neueste Decodergeneration, Version 2.5, ist jetzt in harmlosen Haushaltsgeräten versteckt: in Kaffeemaschinen, Nachttischweckern oder Rasierapparaten. Und das Programm bleibt natürlich geheim. Denn auf Verpfeifen steht nach wie vor die Höchststrafe.»

«Was ist die Höchststrafe?», wollte Mathilde wissen.

«Fernsehverbot!» Harry fuhr mit der Hand über seinen Hals. «Auf ewig, wenn ihr versteht, was ich meine.»

Jasper überlegte. Er war hin und her gerissen. Dann sagte er: «Nein, wir haben kein Interesse.»

Und etwas später: «Aber wenn wir Interesse hätten, wann müssten wir zusagen?»

«Am liebsten gestern!», sagte Harry freudig. «Die Deadline für die Produktion ist in zwei Tagen. Ihr müsstet am Abend vorher Bescheid geben.»

Harry reichte Jasper eine Karte. «H. Nachtigall», stand darauf und «CTV 3983313». «Man kann die Nummer vorwärts und rückwärts wählen», erklärte Harry. «Rückwärts ist für die Eingeweihten, vorwärts für Unbefugte. Ruft mich an, wenn ihr so weit seid.»

Alex nahm die Kamera runter.

«Alles im Kasten», sagte er.

Harry stand auf. «Ach, und keine Sorge, die Bullen finden das *Lebenslänglich* nie!»

## Heisser Kakao

Als Mathilde und Jasper von ihrem geheimen Treffen zurückkehrten, steuerten sie den verlassenen Spielplatz in ihrem Viertel an. Es dämmerte, und die Straßenlaternen beleuchteten die verschneiten Klettergerüste. Wie im letzten Sommer versteckten sie sich im Holzhäuschen der Rutschinsel, damit Mathilde unbemerkt den Geruch des *Café Lebenslänglich* aus ihren Klamotten tricksen konnte. Mit zitternden Fingern zückte sie die japanischen Stäbchen und fluchte über die Kälte. «Ist ja wie im Gefrierschrank hier! Können wir das nicht bei mir zu Hause erledigen? Da ist geheizt!»

«Wir dürfen nichts riskieren, Mathilde!»

Mathilde seufzte. «Na gut!» Mit geschlossenen Augen sog sie die kalte Abendluft ein und versuchte Energie in ihrer Mitte zu sammeln. Dann zog sie ein Parfümfläschchen aus der Jacke, schüttelte es, bis es zu leuchten begann, und besprühte Jasper und sich selbst mit dem Parfüm.

«Das reicht. Ab nach Hause, bevor wir erfrieren!»

Sie kletterte von der Insel. Jasper schaute ihr fasziniert nach. Mathilde war mit Abstand die beste Partnerin, die ein Ganove haben konnte, fand er.

«Kann ich noch mit zu dir? Auf 'nen Kakao?», fragte Mathilde bibbernd, als sie vor dem Bungalow der Schlössers standen. «Mein Mund ist noch völlig verklebt von diesem Frostschutzzeug.»

«Pssst! Okay, aber ab jetzt kein falsches Wort mehr!»

Sie betraten das Haus durch die Garage, wo Jasper den Schlitten abstellte.

«Hallo, Mama! Wir sind zurück!», rief Jasper.

Christa Schlösser gehörte zu der Sorte Mütter, die Schlittenfahren als unablässigen Bestandteil einer glücklichen Kindheit betrachten. So wie auf Bäume klettern oder Steine sammeln. Dass man sich beim Rodeln auch üble blaue Flecken zuziehen konnte, hatte sie längst vergessen.

«Na, ihr zwei Hübschen!», begrüßte sie die beiden überschwänglich. «War's schön?»

«Saukalt!», gab Mathilde zurück.

«Lasst mich raten, ihr zwei braucht einen heißen Kakao. Hab ich Recht oder hab ich Recht?»

Mathilde und Jasper strahlten. Christa wollte gerade Richtung Küche abdrehen, als sie stehen blieb und schnupperte. «Hyazinthen?», stutzte sie. «Habt ihr Blumen mitgebracht?»

Mathilde roch an ihrer Jacke. Sie roch tatsächlich wie ein frischer Blumenstrauß. «Das ist mein Parfüm», log sie.

«Und Jasper durfte auch mal probieren ...?», fragte Christa verwundert und roch an Jaspers Jacke.

Jasper stammelte. Im Ausredenausdenken würde er nie einen Preis gewinnen, das war klar. Zum Glück war Mathilde schlagfertiger.

«Meine Eltern finden einen Schlitten zu teuer, also bin ich mit Jasper Doppeldecker gefahren. Dabei ist das Parfümfläschchen irgendwie ausgelaufen», dichtete Mathilde und schaute Frau Schlösser mit großen, unschuldigen Augen an. «Ich trag es immer bei mir, weil ich den Geruch so mag.»

«Wie gut, dass es kein Päckchen Stinkbomben von Jasper war», scherzte Christa und ging endlich in die Küche.

«Wieso denn Hyazinthe?», flüsterte Jasper.

Mathilde zuckte mit den Schultern und flüsterte zurück: «Den Trick kann ich sonst blind.»

Frau Schlösser mochte Mathilde. Sie war froh, dass sie nach so langer Zeit mal wieder mit ihrem Jasper spielte. Mädchen waren die besseren Freunde, fand sie. Wenn Jungs mit Jungs befreundet waren, stellten sie nur Unsinn an. Nie wäre Christa auf die Idee gekommen, dass Mathilde und Jasper nicht im Park, sondern in der geheimsten und gefährlichsten Ganovenspelunke der Stadt waren und dort viel größeren Unsinn anstellten als die unerzogensten Jungs. In Christas Augen war Jasper ein netter und kluger Junge und Mathilde ein freundliches Mädchen, das Probleme in der Schule hatte, bei denen ihr Sohn ihr hin und wieder half.

Überhaupt schätzte sie Jaspers Hilfsbereitschaft sehr. Vor allem in den letzten Monaten war er der liebste Sohn, den sich eine Mutter nur wünschen konnte.

«Im Ersten läuft eine schöne Tierdokumentation», schlug Christa vor, als sie den Kakao brachte.

«Danke, Frau Schlösser, Jasper will mir noch seine Modellbaupläne zeigen, stimmt's, Jas?»

Jasper schaute sie entgeistert an.

«So was interessiert dich?», wunderte sich Frau Schlösser.

«Und wie! Los, Jasper!»

«Echt, Mathilde, die Pläne sind uralt, da ist nichts dabei!», beschwor Jasper flüsternd.

«Red nicht! Deine Ideen sind genial. Und mit meinen Tricks wird das schon. Ich will in die Show.»

«Aber ich nicht!», sagte Jasper und verschränkte die Arme vor der Brust.

Mathilde schaute sich in Jaspers Zimmer um. «Wo hast du sie versteckt?»

«Keine Chance. Sie sind in meinem Rechner. Und da bleiben sie auch.»

«Werden wir ja sehen», grinste Mathilde und konzentrierte sich.

«Was soll das denn jetzt?», fragte Jasper.

«Ich drucke die Pläne aus.»

«Schaffst du nicht. Die sind passwortgeschützt.»

«Mit dem Trick hab ich schon Dateien ausgedruckt, die längst gelöscht waren.»

Mathilde atmete tief ein.

«Ich will aber nicht.»

«Lenk mich nicht ab, sonst geht der Trick daneben, und ich zerschieß dir womöglich die Festplatte.»

Die Stäbchen begannen zu leuchten.

«Bist du wahnsinnig?», stoppte Jasper sie und weckte den Computer aus dem Ruhezustand auf. «Da öffne ich die Dateien lieber selbst. Aber nur unter Protest!»

Mathilde grinste.

Jasper klickte doppelt auf den Ordner mit dem kleinen Schloss und gab das Passwort ein: «Minitrix». Fünf Dokumente erschienen: Schokolade.rtf, Lotto.rtf, Mondfahne.rtf, Zoo.rtf und Freibad.rtf.

Jasper öffnete sie. «Pass auf, was du sagst, okay? Meine Mutter.»

Mathilde verdrehte die Augen und nickte.

«Zoo und Freibad brauchst du gar nicht zu lesen, die gehen nur im Sommer.»

«Und Schokolade?», fragte Mathilde und flog über die Zeilen.

«Die Idee mit dem Chili ist doch großartig!»

«Nee, sie ist gemein! Tausende Kinder essen dann höllisch scharfe Schokolade», erklärte Jasper. «Und der Fir-

menchef ist so geizig, der rückt erst was raus, wenn ein Kind von seiner Schokolade ...» Jasper zeichnete mit dem Finger ein Kreuz in die Luft.

Mathilde seufzte und überflog den Lotto-Coup.

«Aber das ist doch genial, Jasper! Da weiß ich auch ’nen super Trick!»

«Nützt uns nichts, solange wir nicht wissen, wo die Lottozahlen gezogen werden.»

«Im Studio 2, Hessischer Rundfunk in Frankfurt», sagte Mathilde. «Weiß doch jeder.»

«Von wegen. Studio 2 gibt es gar nicht! Eine Finte der Lottogesellschaft, damit keiner an das Ziehungsgerät rankann.»

«Gemein. Dann eben die Mondfahne! Hört sich eh am besten an», sagte Mathilde, aber Jasper schloss die Datei.

«Nee, der ist kindisch.»

«Hey, ich druck ihn aus!», drohte Mathilde mit einem Stäbchen.

«Okay, okay, ich erzähl ihn dir: Als Armstrong und Aldrin im Juli 1969 zum ersten Mal auf dem Mond gelandet sind, haben sie eine US-Fahne in den Mondsand gesteckt. Die steht seitdem da oben. Früher dachte ich, die Amis würden bestimmt dumm aus der Wäsche gucken, wenn man die Fahne vom Mond … du weißt schon.»

«Wow, genial, Jas! Wir könnten von der amerikanischen Regierung verlangen, dass sie die Todesstrafe abschaffen, wenn sie die Fahne wiederhaben wollen.»

«Pssst! Schöne Idee. Aber dafür müssten wir erst mal auf den Mond kommen. Erzähl mir nicht, so ein Trick steht in deinem Buch.»

Mathilde nickte seufzend.

Jasper schloss die Dokumente. «Schmink dir die Show ab, Mathilde.»

«Nix da! Dir fällt noch was ein, das hab ich im Gefühl! Muss ja kein Jahrhundertding sein! Es reicht auch was kleines Feines.»

«In zwei Tagen?» Jasper schüttelte den Kopf. «Die brauch ich schon, um alles auszuspähen.»

«Und wenn wir improvisieren?»

Jasper schaute Mathilde an, als hätte sie gerade vorgeschlagen, die Brockmann-Brüder mit in ihr Team aufzunehmen. Ein Coup ohne minutiöse Planung war einfach undenkbar für ihn.

## Eine geniale Idee

Das Polizeipräsidium ist kein guter Ort für einen Ganoven – zu viele Bullen. Jedes Mal, wenn Jasper vor dem riesigen Backsteingebäude stand, überkam ihn ein Gefühl wie beim ersten Mal auf dem Dreimeterbrett. Ihm wurde schwindelig, und er wäre am liebsten auf der Stelle umgekehrt.

So war es auch, als er am nächsten Morgen mit Mathilde durch den Schnee stapfte und auf den Haupteingang zuging, in der Hand einen Beutel mit Butterbroten. Jaspers Vater hatte mit der SoKo «Regenbogen» die Nacht durchgearbeitet und war gar nicht erst nach Hause gekommen. Deshalb fehlten ihm nun seine täglichen Butterbrote, und Jasper musste wieder mal den Boten spielen.

Jasper fühlte sich beobachtet. Er wähnte hinter jedem Fenster einen Polizisten, der auf sie herabstarrte und der ganz genau wusste, dass er, der Sohn des Kriminalhauptkommissars Schlösser, eigentlich ein kleiner Ganove war.

«Wir geben dem Pförtner den Beutel und hauen gleich wieder ab, okay?», schlug Jasper vor.

«So wie gestern im Café?», kicherte Mathilde.

Jasper klopfte an die Glasscheibe der Pförtnerloge. Zigarrenrauch qualmte aus dem kleinen Raum, als das Fenster geöffnet wurde. Der Pförtner lächelte freundlich durch seine gelben Zähne: «Ah, der Pokalheld und seine Freundin! Welch eine Ehre!»

«Hallo, Herr Marziniak», grüßte Jasper und überreichte ihm den Butterbrotbeutel.

«Bringt ihr den Pokal zurück?», scherzte der Pförtner.

«Das ist Proviant für seinen Vater!», erklärte Mathilde.

«Können Sie ihm das wohl geben?», fragte Jasper. Er wollte schon gehen, aber Herr Marziniak reichte den Beutel wieder raus: «Und wer bewacht dann den Eingang?»

«Dann vielleicht einer von Papas Kollegen?»

Marziniak langte nach dem Telefon und wählte eine Nummer. «Ich glaube nicht, dass die Herrschaften für so etwas Zeit ... Ja, Marziniak, Haupteingang, entschuldigen Sie die Störung, Herr Hauptkommissar, Ihr Sohn steht hier bei mir ... Sie wissen Bescheid? Gut ... Sollen raufkommen? Ich richte es aus.»

Marziniak legte auf. «Ihr habt es gehört. Die Ermittlungskommission sitzt in Gebäude B, 1. Stock, Raum 117.»

«Und wo ist das?», fragte Jasper genervt.

«Ihr müsst nur den Gang bis zum Ende, dann links, wieder bis zum Ende und dann nochmal rechts ...»

«Lassen Sie uns raten», unterbrach ihn Mathilde. «Auch bis zum Ende?»

«Es ist nicht gerade nebenan, aber ihr habt ja junge Beine. So, ich mach mal zu, es zieht kalt rein!»

«Mist!», ärgerte sich Jasper.

«Hey, Jas, ich wollte schon immer mal Bull... äh, Polizisten bei der Arbeit sehen», versuchte Mathilde ihn aufzumuntern.

Sie stiefelten los. An der ersten Biegung schaute Jasper noch immer missmutig drein.

«Jeder Weg hat seinen Sinn!», erklärte Mathilde. «Und vielleicht bringt uns der hier ja über Umwege zu Harry.»

«Du meinst, wir finden ausgerechnet hier einen ... ‹Modellbauplan›?», fragte Jasper.

«Ich hab jedenfalls so ein Kribbeln in den Fingerspitzen, dass wir noch was Wichtiges erleben werden.»

Die Tür zu Raum 117 stand weit offen. Mathilde klopfte vorsichtig an, aber die Polizisten waren zu sehr mit dem Fall beschäftigt und bemerkten sie nicht. Hier saßen Kollegen vor einem Monitor und analysierten ein Video, dort pinnte eine Polizistin bunte Stecknadeln auf einen Stadtplan an der Wand. Hinter einem großen Schreibtisch saß Jaspers Vater und starrte mit besorgter Miene auf einige Fotos.

«Bin gleich wieder da!», sagte Jasper zu Mathilde und trat ein.

«Ah, da kommt die Rettung!», rief Heinz Schlösser,

nahm den Beutel an sich, packte die erstbeste Stulle aus und biss genüsslich hinein. «Hmm, Falami!», schwärmte er schmatzend.

Das war genau der richtige Moment, um diesen grauenhaften Ort wieder zu verlassen, fand Jasper, je früher, desto besser. Er drückte seinem Papa einen Kuss auf die Wange und wollte sich gerade davonschleichen, als Mathilde neben ihm stand.

«Sind das die Ausreißer?», fragte sie und zeigte auf die Fotos auf dem Schreibtisch.

«Äh, Mathilde … ich wollte gerade … wir verpassen unseren Bus», drängte Jasper.

«Ja, daf find fie, Mädfen», bestätigte Heinz Schlösser mit vollem Mund und reichte Mathilde die Polaroidbilder. Dann holte er zwei Stühle für die beiden: «Die Fotos hat das Kinderheim gestern Abend bekommen. Schaut sie euch in Ruhe an, Kinder. Was fällt euch auf? Wo könnte das sein?»

Jasper hatte es befürchtet: Polizeiarbeit schnuppern. Normalerweise war das eine super Sache für Jasper, wenn sein Vater ihn in die Geheimnisse der Polizei einweihte. Oft bekam er Insiderinfos, die er als Ganove irgendwann einmal gebrauchen konnte. Und in jedem Fall tat er etwas für seine Tarnung: Je mehr sein Vater glaubte, dass er einmal Polizeipräsident werden wollte, umso weniger würde er auf den Gedanken kommen, sein Sohn sei ein Ganove. Aber nicht heute. Heute wollte Jasper einfach nur raus und weg hier.

«Papa, Mathilde und ich, wir wollten zu Hause noch … basteln. Stimmt's Mathilde?»

«Später!», entschied Heinz Schlösser und drückte Jasper auf den Stuhl. «Jetzt helft ihr uns erst mal. Kinderaugen sehen oft Dinge, die wir Erwachsenen nicht erkennen. Also: Was seht ihr auf den Fotos?»

«Die zwei sehen happy aus», stellte Mathilde fest.

Nils und Maximilian waren im Junk-Food-Himmel. Sie schaufelten Pommes und Hamburger in sich hinein. Auf dem Tisch lagen ausgepackte Geschenke: Actionfiguren, ferngesteuerte Autos, ein Gameboy.

«Und was meinst du, Jasper?»

«Die feiern ihre Flucht aus dem Kinderkna… äh, Kinderheim.»

«Sie sind nicht geflohen», sagte Schlösser.

«Dann eben weggelaufen.»

«Auch nicht.» Schlösser biss in eine Käsestulle. «Fie find entführt forden.»

«Was?», fragten Mathilde und Jasper gleichzeitig.

«Sie sind entführt worden», wiederholte er deutlicher.

Jasper lachte: «Haha, was für ein Amateur! Entführt Heimkinder!»

«Wie meinst du das denn?», fragte Schlösser.

Jasper grinste unschuldig. «Na ja, Heimkinder haben keine Eltern, die man erpressen kann. Und das wollen Entführer doch, oder?»

«Schon, dieser hier will aber gar kein Geld.» Schlösser zeigte den beiden den Brief, den das Kinderheim zusammen mit den Fotos bekommen hatte. «Hier. Wir haben ihn im Labor analysiert. Die Buchstaben hat er aus einem Microplüsch-Katalog ausgeschnitten.»

«Der ‹Regenbogen› ist ein schlechter Ort für Kinder», stand da. «Sorgen Sie dafür, dass die Kinder nicht mehr weglaufen, und ich lasse die Jungen frei. Kinderwünsche sind Befehl! Robin Kid.»

«Der ‹Regenbogen› ein schlechter Ort», ereiferte sich Herr Schlösser. «Das ist mit Abstand das kinderfreundlichste Heim der Stadt! Der Typ ist doch verrückt.»

«Er hatte eine schlimme Kindheit», sagte Mathilde plötzlich mit abwesendem Blick. «Ich sehe es ganz deutlich vor mir: Niemand hat ihm seine Wünsche erfüllt. Und er glaubt, Heimkindern geht es so wie ihm früher. Also schenkt er ihnen, was er selbst nie bekommen hat. Er denkt, er tut ihnen einen Gefallen.»

Heinz staunte nicht schlecht. «Du hast Talent, Mädchen. Du solltest zur Kripo gehen, wenn du groß bist.»

Mathilde lachte verlegen.

«Wenn dein Täterprofil stimmt, müssen wir mit dem Schlimmsten rechnen. Dann wird Robin Kid noch weitere Heimkinder entführen.»

«Das ist unsere Chance!», rief Jasper.

«Wie meinst du das?», wollte sein Vater wissen.

«Wir stellen Robin Kid eine Falle!»

«Und wie soll die aussehen?»

«Gebt die Nachricht raus, dass ein dritter Junge aus dem Heim weggelaufen ist!»

«Und dann?»

«Robin Kid wird eins und eins zusammenzählen und annehmen, dass der Junge in den Toystore geht, um ein Schnuffelbärchen zu klauen. Wie die anderen beiden auch.»

«Das ist genial, Junge! Wenn er darauf reinfällt, ernenne ich dich zum Polizeibeamten des Monats!»

Mathilde kicherte.

«Männer, herhören!», rief Kriminalhauptkommissar Schlösser. «Wir schicken eine Hundertschaft verdeckter Ermittler in den Toystore! Wir lauern hinter jedem Regal, in jeder Umkleidekabine, wenn es sein muss, verkleide ich mich als Kaufhausclown.»

Die Polizisten jubelten.

«Moment mal», überlegte Schlösser. «Aber wie erkennen wir Robin Kid?»

Auf die Frage hatte Jasper gewartet. «Ganz einfach. Der Junge klaut ein Schnuffelbärchen. Daran erkennt ihn Robin Kid. Er verfolgt ihn, will ihn entführen, und ihr verhaftet ihn.»

«Super Idee. So machen wir's!»

Wieder jubelten die Polizisten. Wieder winkte Schlösser um Ruhe.

«Dann brauchen wir nur noch ein Heimkind!»

Kollege Sonderborg meldete sich. «Nehmen Sie mich, Chef!»

«Ich habe Heimkind gesagt, Sonderborg, nicht Heimerwachsener.»

Die Kollegen lachten.

«Papa, ich werde bald zwölf!», sagte Jasper.

«Kommt gar nicht in Frage. Das ist viel zu gefährlich!»

Das fand Mathilde auch. Nicht genug, dass Jasper hier Bullenarbeit leistete, jetzt wollte er für die Grünen auch noch den Lockvogel spielen. «Er macht nur Spaß!», sagte sie entschuldigend.

«Tu ich gar nicht! Wenn hundert verdeckte Ermittler im Laden sind, was soll da groß passieren?»

«Du bist noch zu klein, Junge.»

«Aber Papa! Gerade weil ich noch klein bin!»

«Nein! Und damit Ende der Diskussion», entschied Herr Schlösser und schob Jasper aus dem Einsatzraum. «Ihr habt uns sehr geholfen, aber jetzt raus mit euch, euer Bus kommt gleich!»

Die beiden waren gerade an Marziniaks Loge vorbei und raus aus das Präsidium, da löcherte Mathilde Jasper auch schon: «Hast du jetzt Gehirnfrost, oder warum hast du da drin plötzlich auf Nachwuchsbulle gemacht?»

Jasper grinste: «Das Kribbeln in den Fingerspitzen hat dich nicht getrogen!»

Mathilde betrachtete verständnislos ihre Finger.

«Der Weg ins Präsidium hatte seinen Sinn, genau wie du gesagt hast.»

«Ach, welchen denn?»

«Über das Präsidium kommen wir vielleicht zu Harry ins Fernsehen.»

«Klar, weil wir einen Ganovenkollegen ans Messer liefern.»

«Pssst!», flüsterte Jasper. «Blödsinn! Da steckt ein genialer Cou…, ein genial cooler Plan für ein Modellflugzeug drin. Ich muss nur noch Papa rumkriegen.»

Mathilde verstand gar nichts mehr. Jasper wollte einen Coup durchziehen, in dem er den Bullen half, den Entführer zu schnappen?

## Das dritte Auge

«Tricks für freche Mädchen» war ein dünnes Buch, in etwa so wie ein Bilderbuch, und es sah so aus, wie man sich ein Zauberbuch für Kinder vorstellt: Vorne war ein Mädchen gezeichnet, das sich als Hexe verkleidet hatte und ihren Hamster aus einem Hut zauberte, die Rückseite versprach «großen Zauberspaß, mit dem ihr euren Eltern Streiche spielen und eure Freunde zum Staunen bringen könnt».

Doch schlug man das Buch auf, gab es kein «Hallo, Kinder, gleich geht's los!» oder eine ähnlich launige Begrüßung auf der ersten Seite. Nirgendwo waren die Hexenfiguren oder Zauberer, die uralte Versuche aus dem Physikunterricht und lasche Taschenspielertricks als Magie anpriesen. In dieser Ausgabe von «Tricks für freche Mädchen» gab es 77 Kapitel mit je 7 Tricks, in winziger Schrift gedruckt, damit alles auf die wenigen Seiten passte. 539 Tricks – von so einfachen Nummern wie «Schatten verschwinden lassen» bis hin zu «Lehrer in Kröten verwandeln». Hier und da gab es ein paar geheimnisvolle Zeichen und immer wieder Skizzen, die zeigten, auf welche Weise die japanischen Zauberstäbchen geschwungen werden mussten, die dem Buch beigelegen hatten. Auf der ersten und der letzten Seite war ein Stempel aufgebracht: Mängelexemplar.

Mathildes Eltern kauften nur Mängelexemplarbücher, weil die billiger waren und sie so viel mehr Bücher kaufen konnten. Die meisten waren völlig in Ordnung, nur hin und wieder fehlten Seiten, oder die Farben waren etwas schwach. Dass ein Buch aber einen völlig anderen Inhalt hatte als die reguläre Ausgabe, war ihnen noch nie untergekommen. Bis auf dieses eine Mal. Mathildes Eltern hatten das Buch für ihre Tochter ausgesucht, als sie merkten, dass sie diese besondere Energie besaß.

Mathilde glaubte, dass es genau andersherum gewesen war: Das Buch hatte sich die Eltern «ausgesucht», weil es «wusste», dass die eine besondere Tochter hatten. Andere Kinder konnten mit den Tricks nichts anfangen. Jasper hatte es oft genug versucht und nie etwas anderes geerntet als Mathildes Lachen. Es konnte kein Zufall sein, dass dieses seltene Exemplar ausgerechnet zu ihr gelangt war.

«Ich erzähl dir meinen Plan erst, wenn du mir verrätst, wie du diesen Robin Kid durchschaut hast», sagte Jasper.

«Das ist Erpressung!», protestierte Mathilde.

«Ganoven dürfen das!», Jasper lachte schelmisch.

«Okay, okay. ‹Tricks für freche Mädchen›, Kapitel 47», sagte Mathilde. «Damit habe ich mich die letzten Wochen beschäftigt. Heute Morgen im Präsidium hat es zum ersten Mal geklappt.»

Jasper blätterte vorsichtig. «Das dritte Auge – über Gefühlsenergie und ihre Wahrnehmung» lautete die Überschrift des Kapitels.

Jasper las aufmerksam: «Empathie ist die Fähigkeit des Menschen, sich in einen anderen Menschen hineinzuversetzen, seine Gefühle zu teilen und sich so über sein Verstehen und Handeln klar zu werden. Dies geschieht normalerweise über die Deutung von Körpersprache, Gesichtsausdruck und Sprechweise. Menschen mit dem dritten Auge können die Energien aber auch aus weit entfernter Distanz wahrnehmen, wenn sie das dritte Auge entsprechend trainieren.»

«Drittes Auge?», fragte Jasper. «Ist das so was wie ein Hühnerauge unterm Fuß?»

«Haha, sehr lustig, Jasper.» Mathilde mochte es gar nicht, wenn sich Jasper über ihre Fähigkeiten lustig machte. «Die Zirbeldrüse im Zwischenhirn ist das dritte Auge. Manche können darüber die Gefühle anderer wahrnehmen. Glaubst du mir ja eh nicht.»

«Sei doch nicht gleich beleidigt! Du meinst, du spürst, was ich fühle?»

«Im Prinzip, ja, aber …», wollte Mathilde erklären, doch Jasper unterbrach sie.

«Und was fühle ich gerade?»

«Neid!», sagte Mathilde. «Das seh ich aber auch so. Mit dem dritten Auge erkenne ich Gefühle von Menschen, die nicht in der Nähe sind.»

«Cool! Könnte ich das auch?», wollte Jasper wissen.

«Nein, Normalos brauchen die Zirbeldrüse nur für den Tag-und-Nacht-Rhythmus», sagte Mathilde. «Leider klappt das nicht so leicht wie mit den anderen Tricks. Es ist eher wie träumen mit offenen Augen. Und es muss einiges zusammenkommen. So wie heute. Die Fotos der Kinder, das Durcheinander im Raum, der Geruch des Brotes. Und man muss offen sein, dann rauschen die Gefühle auf dich ein.»

«Wow! Hast du auch gefühlt, wer dieser Robin Kid ist?»

«Nein, hätt ich doch sonst gesagt!» Mathilde klappte das Trickbuch zu und stellte es zurück ins Regal. «So, jetzt du! Wie kommen wir in Harrys Sendung?»

«Wir klauen einen Kuschelbären ...»

«Das ist alles? Damit kommen wir noch nicht mal in die Zeitung.»

«Lass mich doch mal ausreden! Wir klauen einen Kuschelbären, und hundert Bullen gucken uns dabei zu! Und Harry filmt uns dabei. Harry und die Zuschauer von Crime TV wissen ja nicht, dass ich der Lockvogel bin.»

«Du willst einen Coup und einen verdeckten Polizeieinsatz gleichzeitig durchziehen? Genial! Aber dein Vater ...»

«Keine Sorge, den krieg ich schon noch rum. Viel wichtiger ist deine Rolle. Welche Tricks brauchen wir, um das Bärchen aus dem bullenverseuchten Kaufhaus rauszubekommen?»

## Schnuffelbärchen

Es schneite immer noch wie im tiefsten Sibirien, als Mathilde und Jasper das *Café Lebenslänglich* betraten, um Mathildes Tricks zu besprechen. Sie traten durch den wollenen Vorhang, der die Kälte aus dem Café fern hielt, und merkten gleich, dass es viel ruhiger war als sonst. Einige Ganoven hatten sich im Halbkreis um die Theke postiert und starrten gebannt auf den Fernseher.

«Wen interviewt Harry denn da?», fragte Jasper Kuddel an der Theke.

«Den Obermacker von Microplüsch, Billy irgendwas», antwortete der Wirt. «Zwei ‹Nacht und Nebel on fire› für euch? Ihr seht durchgefroren aus.»

«Alles, nur kein Frostschutzmittel», bestellte Mathilde.

Harry Singvogel führte das Interview mit Billy Brasso in dessen Büro. An den Wänden hingen Monitore, auf denen Ausschnitte aus dem Megastore zu sehen waren. Brasso saß in einem riesigen Ledersessel. Irgendwie erinnerte er Mathilde an den Direktor ihrer Schule. Billy war genauso klein, trug die gleichen Lehrerklamotten, und milchig weiße Spucke klebte ihm beim Sprechen in den Mundwinkeln. Hinter ihm standen zwei Leibwächter in Bärenkostümen – einer in Rosa, einer in Hellblau.

«Herr Brasso», interviewte Harry. «Sie sind der Besitzer von Microplüsch, dem größten Teddyhersteller der Welt. Sie sind der Herr über zwanzig Toystores. Ihre Kuschelbären sind die angesagtesten Spielzeuge auf dem Markt. Mit welcher Masche sind sie so erfolgreich geworden?»

«Wie meinen Sie das, Masche?», fragte Brasso mit quäkiger Stimme.

«Na ja, Sie wissen schon: Abzocke, Wucher, Ausbeutung», Harry zwinkerte ihm gewinnend zu.

«Unverschämtheit! Ich war immer ehrlich! Ganz unten habe ich angefangen. Mit meinem ersten Schnuffelbärchen! Meinem einzigen Freund!»

Billy Brasso hielt ein zerzaustes Teddybärchen in die Kamera und herzte es seufzend.

Harry schaute irritiert in die Kamera. «Nun ja, aber

nach der Schmusetierphase gibt es ja noch Wichtigeres im Leben: den ersten Kuss, das erste krumme Ding, den ersten Tag hinter Gittern.»

«Nur wer sein Schmusetier nicht ehrt, gerät auf die falsche Bahn!», warnte Billy mit erhobenem Zeigefinger. «Mein Schnuffel jedenfalls ist noch immer mein allerliebster Schatz. Meinem Schnuffel habe ich alles zu verdanken. Als ich noch ein Kind war, war er mein einziger Freund, heute ist er mein Geschäftspartner: Mein Schnuffel riet mir, ins Bärchenbusiness einzusteigen. Er ist das Wertvollste in meinem Leben.»

Billy wischte sich eine Träne aus dem Auge, Harry schaute in die Kamera, als wollte er sagen: «Was ist das denn für ein Spinner?»

Im *Café Lebenslänglich* kringelten sich die Ganoven vor Lachen. «Was für ein Weichei!», riefen sie und äfften Bills quäkige Stimme nach.

«Kommen wir zu den Entführungen, Billy», wechselte Harry das Thema. «Die Kinder sind in Ihrem Kaufhaus entführt worden.»

«Die Armen! Sie wollten doch nur ein Schnuffelbärchen.»

«Die Heimkinder gehen ja gerne mal im Megastore auf Klautour. Müssen sie jetzt jedes Mal befürchten, entführt zu werden?»

«Nein, nein! Die Polizei, unser Freund und Helfer, wird morgen einhundert verdeckte Ermittler in den Megastore einschleusen. Sie wollen ihn auf frischer Tat ertappen. Sie haben da so ein Täterprofil, ganz modern. Oh, das hätte ich besser nicht sagen sollen! Womöglich schaut der Unhold zu!»

«Unser Programm gucken nur anständige Leute», beruhigte ihn Harry und moderierte dann mit besorgtem Gesichtsausdruck: «Liebe Zuschauer, damit dürfte zahlungsfreies Shoppen im Megastore bis zur Ergreifung des Entführers unmöglich sein. Wir danken Billy Brasso für das Interview und geben zurück in das Sendestudio von Crime TV.»

«Verfluchte Bullen!», ärgerten sich die Ganoven im *Café Lebenslänglich.* «Jetzt kann man noch nicht mal mehr Kinderspielzeug abzocken.»

«Die Bullen versuchen doch nur, diesen Entführer zu schnappen», fand Kuddel. «Das ist ja ausnahmsweise mal lobenswert!»

Jasper zog Mathilde an ihren Stammtisch in den hinteren Teil des Cafés.

«Hattest du nicht gesagt, die Bullenaktion ist geheim?», fragte Mathilde enttäuscht. «Was machen wir denn jetzt?»

«Wo ist das Problem? Der Spielzeugfritze hat nichts von einem Lockvogel gesagt. Dafür wissen die Kollegen, dass der Megastore voller Bullen ist. Ist doch genial! Kein Ganove traut sich, da was zu klauen, viel zu gefährlich. Nur wir, wir sind supertough und abgebrüht. Das wird eine ganz große Räuportage. Wir werden die Ganoven des Monats, ach, was sage ich, des Jahres!»

# Überredungskünste

Jasper war rechtzeitig zum Abendessen wieder zu Hause. Diesmal hatte Mathildes Parfüm funktioniert, und er roch, als wäre er eben aus der städtischen Bücherei gekommen. Total unverdächtig.

Gerade erzählte Heinz Schlösser, wie scharfsinnig ihr Sohn heute Morgen im Präsidium mitgedacht hatte, und schwärmte: «Der Junge ist ganz der Papa, dem steckt der Kriminalbeamte im Blut!»

Jetzt oder nie, dachte Jasper und trat ins Esszimmer.

«Von wem redet ihr?», fragte er ahnungslos.

«‹Guten Abend› heißt das erst mal», ermahnte ihn sein Vater.

«Guten Abend», sagte Jasper brav und fragte dann nochmal: «Von wem redet ihr?»

«Von dem kleinen Jungen im Konfirmationsanzug!», sagte seine Mutter und strubbelte Jasper über die Haare. «Papa findet, du wirst ein prima Polizist werden, wenn du groß bist.»

«Ich möchte aber jetzt schon Polizist sein!», sagte Jasper, so als wollte er jetzt unbedingt ein Eis.

«Du bist noch zu klein, und ich habe nein gesagt», blieb sein Vater hart.

«Könnt ihr mir mal erklären, wovon ihr redet?»

«Dein Sohn will ins Heim.»

«Wie bitte? Gefällt es dir nicht mehr bei uns?», fragte Christa.

«Nur ein Scherz. Jasper würde gerne den Lockvogel spielen, morgen, als Heimkind im Kaufhaus. Er hat uns auf die Idee gebracht, dem Entführer eine Falle zu stellen.»

«Ich wäre genau der Richtige, Mama», bettelte Jasper.

Seine Mutter schaute ihn entsetzt an. «Aber Junge. Wie kannst du das nur vorschlagen? Ich würde vor Angst sterben.»

«Menno. Ich will endlich mal bei einem Einsatz dabei sein. Das ist mein größter Wunsch, das wisst ihr genau.»

«Du bist so tapfer, mein Großer. Aber denk doch nur, wenn wirklich was passiert!»

«Papa will hundert Ermittler ins Kaufhaus schicken. Was soll denn da passieren?»

«Zu 99,9 Prozent wärst du sicher, klar. Aber Mama würde sich trotzdem sorgen, Junge», versuchte es sein Vater noch einmal. «Sonderborg macht den Lockvogel, er ist klein, und geschminkt geht er locker für vierzehn durch.»

«Vierzehn? Der Entführer ist doch nicht doof! Was ist, wenn der das merkt? Das Leben der Jungs ist doch wohl wichtiger als Mamas Sorgen, findet ihr nicht?»

Heinz überlegte. Eigentlich hatte Jasper Recht: Robin Kid würde keine Chance haben, Christa würde sich wie immer völlig unnötig Sorgen machen, und Sonderborg war nun mal ein Erwachsener und kein Zehnjähriger.

«Deine Chance kommt noch früh genug, Jasper», entschied Heinz Schlösser. «Morgen ist ein anstrengender Tag. Jetzt wird gegessen, und dann ab in die Koje!»

Gerade überlegte Jasper, wie er Mathilde erklären sollte, dass er seinen Vater nicht rumgekriegt hatte und sie die Räuportage bei Crime TV in den Wind schlagen mussten, da ging seine Mutter in die Küche, um ein frisches Glas Senfgurken zu holen.

Sie war gerade aus dem Esszimmer, als sein Vater ihm Zeichen machte: Erst zeigte er auf Jasper und sich, dann hob er sieben Finger, grüßte dann militärisch mit der flachen Hand an der Stirn und legte schlussendlich einen Zeigefinger an die Lippen.

Jasper strahlte. Er wusste sofort, was das zu bedeuten hatte: Morgen früh um 7:00 Uhr Abmarsch zum Präsidium, aber geheime Kommandosache, kein Wort zu Mama!

## Der Plan

«Oberochse gibt grünes Licht! 23:00 Uhr, bring Bilderbuch mit!», lautete Jaspers SMS an Mathilde. Um Punkt 23:00 Uhr kletterte sie durch sein Zimmerfenster.

«Hi, Partner!», grüßte sie aufgeregt. «Und wie hast du ihn rumgekriegt?»

«Pssst! Ganz leise», flüsterte Jasper. «Ich hab ihn an den abgeblasenen Skiurlaub erinnert. Morgen früh geht es los mit den Vorbereitungen. Sie bringen die News in den Nachrichten und im Radio. Die Aktion startet dann gegen Mittag, denke ich.»

«Okay, und wie ziehen wir unsere … Aktion durch?», flüsterte Mathilde.

«Bärchen klauen, um den Entführer zu ködern, und dann raus aus dem Kaufhaus.» Mathilde konnte Jasper kaum verstehen, so leise sprach er.

«Was ist mit diesen Piepsdingern am Eingang?»

«Die Warensicherungsanlage? Ich hab im Internet recherchiert. Die Dinger haben Antennen. Die empfangen magnetische Strahlung von diesen winzigen Etiketten an der Ware und lösen dann Alarm aus.»

«Mach ich mit links!», grinste Mathilde. «Da brauch ich nur vorbeizugehen, dann sind die Dinger schon gestört.»

«Wir werden auf Sendung sein. Hast du nicht was Spektakuläreres?»

Mathilde holte das Buch aus ihrem Rucksack und überflog das Inhaltsverzeichnis.

«Radiotrick. Nummer 412. Das könnte was sein.»

Mathilde blätterte und las.

«Und?», fragte Jasper ungeduldig.

«Ein Vertauschtrick für Töne, simpel», sagte Mathilde, «funktioniert mit allem, was einen Lautsprecher hat und irgendwie angeschaltet und ausgeschaltet werden kann. Fehlt mir nur noch das Gegenstück! Aber da finde ich schon was Lustiges!»

«Gut. Sobald ich draußen bin, musst du das Bärchen aus meiner Jacke verschwinden lassen. Die Grünen sollen denken, ich hätte es im Kaufhaus gelassen.»

«Schon schwieriger. Ich überleg mir was bis morgen.»

Jaspers Gehirn arbeitete auf Hochtouren. «Papas Kumpels werden bestimmt die ganze Zeit in meiner Nähe sein, um sofort eingreifen zu können, falls Robin Kid auftaucht. Die dürfen das Bärchen nicht sehen.»

«Verstehe. Wo werde ich sein?»

«Du wartest draußen.»

«Draußen?», fragte Mathilde und guckte ungläubig.

«Natürlich, wir wollen das Bärchen ja KLAUEN», buchstabierte Jasper, «dafür müssen wir es aus dem Kaufhaus rausbringen.»

«Aber draußen gibt es keine Heizung!»

«Dann wartest du halt im Eingang, wo die warme Luft aus der Decke kommt, und gehst raus, wenn du mich kommen siehst.»

«Okay, so geht's.»

«Jetzt müssen wir nur noch Harry anrufen.»

«Hab ich schon», sagte Mathilde beiläufig.

«Du hast was?», rief Jasper entgeistert.

«Ich war neugierig, was hinter der falschen Nummer steckt.»

«Und?»

«Hör selbst!» Mathilde wählte auf ihrem Handy die Nummer für Unbefugte: 3983313.

Freizeichen, dann erklang freundliche Musik, und Harry meldete sich: «Hallo, Kinder. Hier ist euer Children TV. Der liebe Harald ist leider nicht da, aber sprecht mir eure Wünsche auf Band, ich melde mich dann bei euch. Tschühüüüüs!»

«Coole Tarnung», fand Jasper, löschte aber trotzdem sicherheitshalber den Eintrag aus der Rufliste. Dann wählte er die Nummer für Eingeweihte: 3133893.

«Auf Sendung!», hörte er Harry Singvogel sagen.

«Wir sind's», flüsterte Jasper hinter vorgehaltener Hand. «Die genialen Ganoven haben einen Coup!»

## Diebesschau

Crime-TV-Sprecherin Susanne Raubner verlas die Nachrichten aus der Region: «Dem 11-jährigen Torben ist die Flucht aus dem Kinderheim ‹Haus Regenbogen› gelungen. Damit ist er innerhalb von nur zwei Tagen der dritte Flüchtling. Die beiden ersten Kinder wurden, wie jüngst berichtet, im Anschluss an die Flucht von einem unbekannten Kollegen namens Robin Kid entführt. Laut Bullenberichten hat man es nicht mit einem Gewaltverbrecher zu tun, und die Jungen sind wohlauf. Crime TV geht trotzdem auf Nummer Sicher und behält die Beschreibung von Torben für sich. Der Junge soll unerkannt in Freiheit leben und vor diesem Robin Kid sicher sein.»

# Isabelle

«Liebe Zuschauer!», moderierte Harry Singvogel in ein kleines Mikrophon am Mantelkragen, während Kameramann Alex unauffällig ein Ledertäschchen auf ihn gerichtet hatte, in der eine Kamera versteckt war. «Wir stehen vor dem Toystore von Billy ‹Microplüsch› Brasso. Es ist immer noch ziemlich kalt hier draußen, und im Gebäude wimmelt es von Bullen.» Harry verzog angeekelt das Gesicht. «Ein wirklich ungemütlicher Ort! Soweit Crime TV in Erfahrung bringen konnte, glaubt die Bullerei, Robin Kid werde hier und heute das dritte Mal zuschlagen. Wir fragen uns, wie sie da so sicher sein können? Hat Robin Kid das etwa angekündigt? Haha! Zu blöd die Bullen. Jedenfalls liegen sie mit hundert Zivis auf der Lauer. Kein normaler Ganove würde hier auch nur einen Luftballon klauen. Da kann man ja gleich freiwillig in den Knast gehen, oder? Aber ...! Es gibt zwei Kollegen, die den Wahnsinn wagen wollen! Und Crime TV ist mit einer Räuportage live für Sie dabei!»

Harry betrat den Megastore. Im Eingangsbereich, direkt unter dem warmen Gebläse, wartete Mathilde. Harry legte einen Arm um ihre Schultern. «Bei mir ist die eine Hälfte des unerschrockenen Duos: Magic Mathilde.»

«Hallo, Harry!»

«Sie sehen richtig, liebe Zuschauer! Die genialen Ganoven melden sich zurück mit einem überaus riskanten Ding. Mathilde, was habt ihr vor?»

«Wir klauen Spielzeug.»

«Wie stehen die Chancen, dass ihr das Zeug aus dem Store rauskriegt, bei dem Bullenaufmarsch?»

«Schlecht, aber das ist ja gerade der Spaß bei der Sache. Sonst wäre es ja kein Coup für eine Räuportage.»

«Jede Ware hat einen Sicherheitschip. Wie kommt ihr mit dem Spielzeug an der Warensicherungsanlage vorbei?», wollte Harry wissen. «Mit der Alu-Masche? Oder schließt ihr die Technik kurz?»

Mathilde holte eine Babypuppe unter ihrer Jacke hervor und hielt sie in Alex' Kamera: «Mit Baby Isabelle! Die kann brabbeln, schnullern, Bäuerchen machen und pupsen! Die Technik dafür ist in ihrem Bauch. Die Alarmanlage des Kaufhauses ist in den großen Bügeln am Eingang integriert.» Alex filmte die Sicherungsanlage. «Ich werde Isabelle und die Anlage ein wenig manipulieren», kündigte Mathilde an.

Sie schaute, ob die Luft rein war, schloss dann die Augen und konzentrierte sich. Dabei hielt sie Isabelle im Arm. Nach einer Weile begann der Babykopf schwach zu leuchten. Sogleich hielt Mathilde das Baby an den ersten Bügel der Sicherungsanlage, der darauf wie ein kleiner Hochspannungsmast summte. So verfuhr Mathilde mit allen vier Bügeln.

«Und jetzt sind die Dinger defekt?», wollte Harry wissen.

«Sie funktionieren wunderbar, aber anders als vorher! Genau wie Isabelle», sagte Mathilde.

Harry verstand nicht. Mathilde legte einen Schalter an Isabelles Rücken um, und die Kleine fing an zu quengeln und zu brabbeln. Nur tönten die Babylaute nicht aus Isabelles Bauch, sondern aus den Lautsprechern der Alarmanlage. Eine Verkäuferin schaute irritiert zu ihnen herüber. Mathilde gab Isabelle ein Fläschchen, das sie fröhlich schmatzend trank. Und wieder konnte man es laut und deutlich über die Lautsprecher der Alarmanlage hören.

«Phänomenal!» Harry war begeistert.

Mathilde nahm Isabelle das Fläschchen ab und legte sie für ein Bäuerchen auf ihre Schulter, woraufhin die Kleine laut und deutlich rülpste.

«Haha», lachte Harry, «super Showeinlage, Mathilde. So was kommt an beim Publikum!»

# Mathildes und Jaspers Räuportage

Ein dunkler Opel-Kombi fuhr langsam stadtauswärts über eine schneeweiße Autobahn. Jasper saß neben seinem Vater auf dem Beifahrersitz und fühlte sich grauenhaft. Seine Augen brannten von der Heizungsluft im Auto, und seine Zunge war wie mit Holzleim am Gaumen festgeklebt, so trocken fühlte sich der Mund an. Sein rechter Daumen zuckte nervös, und sein Herzschlag pochte in den Ohren.

In der letzten Nacht hatte es Stunden gedauert, bis er endlich zu müde zum Nachdenken geworden und eingeschlafen war. Immer wieder hatten ihn Träume aus dem Schlaf gerissen, vermasselten die Brockmann-Brüder seinen Coup, mal nahm ihn die Polizei fest und warf ihn ins Gefängnis. Jasper versuchte nicht mehr daran zu denken. Er musste sich auf den Coup konzentrieren!

«11/21 für den grünen Heinrich!», funkte sein Vater.

«11/21 hört!» Das war Kollege Sonderborg.

«Der Vogel ist in 5 Minuten vor Ort. Stehen die Maßnahmen?»

«Alle verdeckten Zivilkräfte sind verkabelt und im Objekt!», vermeldete Sonderborg.

«Gute Arbeit, 11/21, Ende und aus.»

Heinz hängte das Funkgerät zurück in die Halterung.

«Na, Junge. Wie fühlst du dich denn vor deinem ersten

Einsatz?», fragte Jaspers Vater und fuhr von der Autobahn ab.

«Super, Papa. Wir ziehen das Ding eiskalt durch!», sagte Jasper entschlossen und merkte im selben Moment, dass er sich wohl zu sehr auf den Coup konzentriert hatte.

Heinz musterte Jasper von der Seite, dann lachte er: «Scherzkeks!»

Von weitem kam Jasper der Megastore vor wie ein Flugzeughangar, so riesig war die Halle.

«Denk immer daran, Junge: Die Kollegen sind überall. Du kannst jederzeit mit mir über das kleine Mikro reden. Dir kann nichts passieren. Ich gebe dir über den Lautsprecherstöpsel im Ohr das vereinbarte Zeichen, wenn wir einen Verdächtigen haben. Du klaust dann ein Bärchen, gehst aus dem Kaufhaus, und wer dich verfolgt, wird festgenommen. Wir kriegen den Kerl.»

Jasper nickte. Heinz parkte den Wagen.

«In diesem Moment trifft die zweite Hälfte des genialen Duos ein, liebe Zuschauer: Jasper Schlösser, der Meister des doppelten Spiels!», moderierte Harry Singvogel. «Jasper trägt eine knallgelbe Daunenjacke über seinem Ganovenanzug. Keine wirklich unauffällige Arbeitskleidung, wenn Sie mich fragen. In dem Pkw erkenne ich außerdem … tatsächlich! Es ist Kriminalhauptkommissar Schlösser! Jasper lässt sich von seinem Vater zum Coup bringen! Wenn das mal nicht eiskalt und abgebrüht ist! Er steigt aus und schreitet über den verschneiten Parkplatz. Er kommt auf uns zu!»

Jasper hatte Harry schon von weitem erkannt, ließ sich aber nichts anmerken und ging grußlos an den beiden Crime-TV-Leuten vorbei in den Megastore. Mathilde stand in der Schlittenabteilung am Eingang und tat beschäftigt.

«Liebe Zuschauer, die Räuportage beginnt. Die genialen Ganoven befinden sich am Tatort. Wie es aussieht, übernimmt Jasper den Job, und Mathilde steht am Eingang Schmiere. Irgendwie unsinnig, wo doch das gesamte Kaufhaus voller Bullen ist und jetzt auch noch Vater Schlösser durch den Eingang kommt. Kann dieser Coup überhaupt gelingen, liebe Zuschauer? Nach einer kurzen Werbepause werden Sie es sehen.»

Mathilde hätte den Coup viel lieber mit Jasper gemeinsam durchgezogen, anstatt tatenlos zu warten. Wenigstens musste sie nicht draußen in der Kälte stehen.

«Hallo», sprach sie jemand an. Der Mann sah nicht aus wie ein Verkäufer. «Was machst du denn hier?»

«Was geht Sie das denn an?», blaffte Mathilde.

Der Fremde zückte eine Dienstmarke der Polizei.

«Hab ich was verbrochen?», fragte Mathilde.

«Ich weiß nicht. Hast du?», fragte der Polizist.

«Nein.»

«Einkaufen tust du jedenfalls nicht. Du treibst dich nur im Eingangsbereich herum.»

«Na und? Ich muss erst überlegen, was ich mir kaufen soll. Habe mich halt noch nicht entschieden.»

«Aber ich», sagte der Polizist. «Du verlässt jetzt das Kaufhaus.»

«Warum sollte ich?»

«Weil wir Grund zu der Annahme haben, dass sich ein Entführer im Kaufhaus aufhält, der es auf kleine Kinder abgesehen hat.»

«Auf Heimkinder», verbesserte ihn Mathilde. «Ich habe meine Eltern aber noch.»

«Glaubst du, deinen Eltern gefällt es, wenn ein Polizist ihre Tochter nach Hause bringt und ihnen erklärt, dass sie sich seinen Anweisungen widersetzt hat?»

Mathilde überlegte, ob sie dem Angeber nicht einfach einen Trick verpassen sollte, aber sie durfte den Coup nicht gefährden.

«Okay, okay, wir sind ja schon weg. Komm, Isabelle», sagte Mathilde zu dem Baby, «der Wachtmeister wirft uns raus in die Kälte.»

Als Mathilde nach draußen trat, dachte sie, sie würde schockgefrostet. Zu allem Überfluss schneite es wieder. Fluchend stellte sie sich zu den Einkaufswagen, die aneinander gekettet unter einem Dach geparkt waren.

«Papa? Warst du das?», hörte sie plötzlich. «Papa!»

War das Jasper? Sie schaute sich um, aber er war nirgends zu sehen.

«Papa! Da stimmt was nicht mit der Verkabelung! Vor dem Kaufhaus ging es noch, jetzt hör ich dich nicht mehr! Hast du schon jemanden Verdächtigen entdeckt? Kann mich einer von den Kollegen hören?»

Jaspers Stimme kam aus Isabelle! Direkt aus dem Lautsprecher in ihrem Rücken!

«Wenn du mich hören kannst, Papa. Ich höre dich nicht mehr! Dafür habe ich gerade ein Mädchen fluchen hören.»

Damit konnte Jasper nur sie gemeint haben!

Mathilde überlegte: Sie musste Isabelle irgendwie falsch vertrickst haben. Dass sie Jasper durch die Puppe reden hören konnte, war nicht beabsichtigt. Gerade wollte sie ihm durch Isabelle zurufen, dass sie vorhin geflucht hatte, als sie begriff, dass er das längst wusste! Er war sich nur nicht sicher, ob ihn nicht noch ein Polizist hören konnte. Und er konnte genauso wenig sicher sein, dass die Polizei nicht auch Mathilde hatte fluchen hören! Deshalb durfte er nicht mit ihr sprechen und sie nicht mit ihm! Mathilde musste herausbekommen, ob sie alle Funkverbindungen zwischen den Polizisten und Jasper vertrickst hatte oder nur Jaspers.

Sie schlich zurück zur Eingangstür. Der Kripobeamte stand hinter einem Regal mit Kinder-Schlittschuhen und behielt das Geschäft im Auge.

«Hast du den Bullen bei den Schlittschuhen gesehen, Isabelle?», sprach Mathilde in die Puppe hinein. «Er hatte einen ganz dicken Popel in der Nase!»

Wenn der Polizist sie durch den Knopf im Ohr gehört hatte, würde er sich an die Nase fassen. Aber er stand da wie eine Schaufensterpuppe. Also hörte er sie nicht und die anderen Polizisten genauso wenig!

«Jas! Wir sind unter uns!», sagte Mathilde zu Isabelle. «Du kannst reden! Wo bist du?»

«Im ersten Stock», flüsterte Jasper.

«Hast du das Bärchen schon?»

«Die müssen die Regale umgeräumt haben!»

«Beeil dich, es ist kalt hier draußen!»

«Ich denke, du bist im Eingang?»

«Nicht mehr! Was meinst du, warum ich so geflucht habe?»

«Ich muss aufhören!»

«Jasper? Bist du noch da? … Mist!»

Mathilde schaute auf den riesigen Parkplatz und ärgerte sich: über die Kälte, über die Handschuhe, die sie zu Hause vergessen hatte, über den «Ganoven des Monats», der sie auf die blöde Idee gebracht hatte, und darüber, dass ihr Coup noch nicht vorbei war.

«Liebe Ganoven an den Bildschirmen, da ist er, der Kandidat der heutigen Räuportage aus dem Megastore von Billy Brasso», moderierte Harry Singvogel und folgte Jasper unauffällig. «Was wir zu sehen bekommen, ist erschütternd, einfach erschütternd! Hunderte Barbiepuppen werden hier gefangen gehalten, eingepfercht in Plastikverpackungen!» Alex filmte die riesigen Regale. «Wer unschuldige Spielzeugpuppen einsperrt, darf sich nicht wundern, wenn er bestohlen wird. Aber was wird Jasper klemmen?»

Jasper und hinter ihm das Team von Crime TV gingen

an Türmen von Puzzles und Brettspielen vorbei. Sie passierten Dreiräder, Puppenwagen und Chemiebaukästen, immer beäugt von Polizisten, die um Jaspers Sicherheit besorgt waren.

Hinter einem Regal mit Bauklötzen stoppte Jasper.

«Jasper verlangsamt seine Schritte», kommentierte Harry. «Hat er gefunden, was er sucht? Er steuert auf ein Regal mit Plüschbärchen zu und ... ja, er bleibt stehen und schaut sich sichernd um. Wir werden ein verstecktes Interview versuchen.»

Harry und Alex verschwanden im nächsten Gang.

Jasper war allein. Die Schnuffelbärchen schauten aus ihren Knopfaugen auf ihn herab, starrten ihn an und durchbohrten ihn mit ihren Blicken. So als wollte jeder von ihnen mitgenommen werden.

«Hey, worauf wartest du? Greif schon zu!», sagte da eine Stimme aus dem Regal.

Für einen Moment dachte Jasper, eines der Bärchen spräche zu ihm, aber dann sagte die Stimme: «Denk an den ‹Ganoven des Monats›!»

Es war Harry! Er interviewte Jasper von der anderen Regalseite.

«Warum schlägst du nicht zu? Angst vor den Bullen?», fragte Harry.

«Ich doch nicht!», sagte Jasper. Seine Stimme klang ziemlich dünn.

«Was ist, wenn dein Vater auftaucht? Ist der Coup dann geplatzt?»

nur 9,98 €
neu!

Gerade wollte Jasper darauf antworten, als Heinz neben ihm stand.

«Oh-oh, wenn man vom Teufel spricht, liebe Zuschauer», flüsterte Harry. «Der Coup scheint gelaufen.»

Heinz trat unauffällig an Jasper heran, nahm ein Bärchen aus dem Regal, musterte es, legte es zurück und ging wieder.

Das Bärchen hielt einen Zettel in der Hand! Jasper öffnete ihn und las: «Funk kaputt! Zwei Verdächtige auf der Rückseite des Regals! Falle stellen!»

Das war das vereinbarte Zeichen. Jasper steckte das Bärchen unter seine Jacke und ging los.

«Genial, liebe Zuschauer!», moderierte Harry. «Damit hat keiner mehr gerechnet: Der Meister des doppelten Spiels hat doch noch zugeschlagen! Und das in direkter Nähe zum Oberbullen! Aber wird er die Beute auch aus dem Kaufhaus schaffen? Wir bleiben dran!»

Heinz schaute seinem Sohn nach und sah, wie die zwei Verdächtigen ihm folgten. War Robin Kid nicht ein Entführer, sondern in Wahrheit ein Team?, fragte sich Kriminalhauptkommissar Heinz Schlösser und ging ihnen im Schutz der Spielzeugregale nach.

Derweil hüpfte Mathilde auf dem Parkplatz herum, damit sie sich nicht in eine Eisskulptur verwandelte, als sie durch Baby Isabelle Jaspers Stimme hörte:

«Mathilde, ich hab ihn, mach dich bereit!»

«Alles klar, Partner», rief Mathilde Isabelle zu. Dann hauchte sie ihre Finger an, rieb sie aneinander, klatschte, tat alles, damit sie warm wurden, und versuchte sich zu konzentrieren.

Sie schloss die Augen.

Sie konnte ihre Zähne klappern hören!

Sie atmete ein.

Die Luft war so kalt, dass jedes Atmen in der Nase wehtat! Sie spürte die eiskalten Zehen, spürte die vor Kälte brennenden Finger – nur die Energie, die jetzt in ihrer Mitte aufsteigen sollte, spürte sie nicht!

«Gleich hat Jasper die Rolltreppe erreicht, und noch immer greifen die Bullen nicht ein, meine Damen und Herren!», berichtete Harry euphorisch. «Sie können offenbar nicht begreifen, was der Sohn ihres Chefs da gerade macht.»

Jasper ließ sich, wie mit seinem Vater vereinbart, Zeit. Fast schlenderte er durch das Kaufhaus. Auf ein Zeichen von Heinz Schlösser hin hatten sich die Polizisten versteckt. Das Team von Robin Kid sollte sich absolut unbeobachtet fühlen, wenn es Jasper entführte.

«Der kleine Ganove geht auf den Ausgang zu!», berichtete Harry weiter. «Niemand stellt sich ihm in den Weg! So einfach kann Stehlen sein! Es ist nicht mehr weit bis zur Sicherheitsanlage! Wir sind gespannt, ob Mathildes Trick funktioniert. Noch zehn Meter bis zum Ziel … Neun.

Acht. Sieben. Sechs. Fünf. Vier. Drei. Zwei. Da ist die Sicherungsanlage. Er ist durch ... Kein Alarm! Jasper ist aus dem Kaufhaus! Genial!»

Vor dem Kaufhaus hielt Jasper Ausschau nach Mathilde. Sie hatte sich hinter dem Häuschen mit den Einkaufswagen versteckt und sammelte noch immer Energie. Unter ihrer Daunenjacke tönte dumpf der Alarm der Sicherungsanlage aus Isabelles Rücken.

Endlich war die Energie da! Sie kroch in Mathildes Arme, ihre Hände, in die Finger und in die japanischen Stäbchen, die schwach zu leuchten begannen.

«Das muss reichen!», sagte sich Mathilde, zeigte mit den Stäbchen auf Jasper und winkte mit beiden Armen das Bärchen zu sich, wie ein Lotse, der einen Jumbo auf dem Flughafenrollfeld in Parkposition bringt. Eine Spur goldenen Staubes rieselte vom Himmel herab.

Aber es reichte nicht.

Das Bärchen lag ein paar Meter von Jasper entfernt im Schnee. Dabei hätte er in Mathildes Armen landen sollen. Mathilde trickste weiter, winkte dem Bärchen, aber es rutschte nur über den Boden wie ein abgestürzter Kinderdrachen, der an einer unsichtbaren Leine über die Erde geschleift wird. Je verzweifelter Mathilde winkte, desto weniger bewegte sich der verdammte Schnuffel. Ihr Trick funktionierte nicht! Der Coup war schief gegangen!

Jasper starrte fassungslos in den Schnee. Sein Vater kam herbei und nahm ihn in den Arm: «Das war große Klasse, Junge! Die Kollegen sind echt beeindruckt von deiner Vorstellung. Wie ein richtiger kleiner Dieb aus dem Kinderheim. Da wäre Robin Kid locker drauf reingefallen.»

«Ja, Papa, na klar, Papa», sagte Jasper niedergeschlagen.

«Hey, Junge, ich weiß, wie es dir geht! Du wolltest die Kinder retten. Hat nicht geklappt. Aber lass den Kopf nicht hängen! Wir haben alles richtig gemacht. Dein Plan war genial! Ich dachte ja, der Typ mit dem Karosakko und sein Begleiter mit der Tasche wären Robin Kid, aber sie konnten sich ausweisen. Fuzzis vom Kinderfernsehen. Wenn schon die Bescheid wissen, hat der Entführer auch Wind von der Aktion bekommen. Der kommt heute nicht mehr. Immerhin bist du nicht entführt worden. Ist doch auch was.»

Heinz nahm das Bärchen an sich.

«Ja, Papa, na klar, Papa», sagte Jasper und sah, wie Mathilde in Richtung S-Bahn davonstapfte. «Ich fahr nach Hause.»

«Kollege Reinhardt fährt dich natürlich.»

«Ich nehm die Bahn.»

«Kommt nicht in Frage, ich hole Reinhardt. Bin gleich wieder da, Herr Kommissar.» Heinz gab seinem Sohn einen aufmunternden Klapps und eilte ins Kaufhaus.

Kaum war er weg, lief Jasper los.

«Mathilde!», rief er.

Mathilde reagierte nicht.

«Jetzt bleib doch stehen!»

Sie hörte ihn, wenn auch schwach, aber sie wollte jetzt nicht mit ihm sprechen. Sie wusste selbst, dass sie ihren Coup versaut hatte. Noch dazu vor laufender Kamera. Sie wollte jetzt keine Fehler eingestehen, wollte nicht erklären müssen, warum der Trick nicht funktioniert hatte, warum sie kalte Finger hatte, warum sie die Handschuhe vergessen hatte. War doch egal, warum, jetzt war der Coup halt hin.

«Wir werden Zeuge des traurigen Endes einer Räuportage, die so viel versprechend angefangen hat», moderierte Harry und legte besonders viel Gefühl in seine Worte.

Mathilde ging schneller, den Megastore hatte sie bereits hinter sich gelassen.

Aus einiger Entfernung filmte Alex.

Jasper rannte. «Jetzt warte doch!»

Mathilde drehte sich um. Jasper war noch ziemlich weit weg, aber sie erkannte, dass er lächelte, so als wollte er sagen: «Schon gut!» Und da spürte sie, Jasper würde gar nicht wissen wollen, warum. Er wusste, wie ihr zumute war. Wie süß, dachte Mathilde.

In diesem Moment, in dem sich Mathilde Jasper sehr nahe fühlte, fuhr eine schwarze Limousine aus der Tiefgarage des Megastores. Sie hielt neben Jasper. Eine Tür ging auf, ein Arm packte Jasper und zog ihn mit Gewalt in den Wagen. Jasper schrie noch irgendetwas, aber schon war die schwere Wagentür zugefallen. Die Limousine fuhr an.

«Heee!», schrie Mathilde. «Stehen bleiben!»

«Meine Damen und Herren, gerade werden wir Zeuge eines schrecklichen Verbrechens!», berichtete Harry sichtlich schockiert. «Robin Kid hat zugeschlagen! Jasper Schlösser wird vor unseren Augen entführt! Mathilde trickst! Aber es scheint heute nicht ihr Tag zu sein. Der Wagen fährt weiter. Mathilde gibt nicht auf und läuft hinterher! Sie lässt ihren Partner nicht im Stich! Da, Jasper kann die Tür auftreten, ich kann ein Bein erkennen! Die Limousine hält! Was geht da vor? Jasper strampelt! Gleich ist Mathilde bei ihm! Jasper wird wieder in den Wagen gezogen! Die Limousine fährt wieder an! Aber Mathilde kann sich an das Heck hängen! Der Wagen nimmt Fahrt auf, doch Mathilde lässt einfach nicht los. Sie rutscht über den Schnee wie eine Wasserskiläuferin, liebe Zuschauer! Unglaublich! Jetzt ... oh nein ... die Limousine fährt rechts ab, und Mathilde fliegt auf den Bürgersteig. Eieiei, das hat sicher wehgetan. Wir müssen helfen.»

Kurz darauf waren Harry und Alex bei Mathilde.

«Mathilde! Alles klar? Geht es dir gut?»

«Die Schweine haben Jasper entführt!», keuchte Mathilde.

«Wer, die? Robin Kid?»

«Die Brockmanns! Verdammt! Hier, hört selbst.»

Mathilde zog Isabelle aus der Jacke.

«Loslassen! Ich will raus!», konnte man Jasper aus ihrem Rücken rufen hören. «Auaaaah!»

«Schnauze, Würstchen!», sagte eine Stimme und eine andere: «Haben wir doch gesagt: Wir kriegen dich, wenn du alleine bist!»

«Tatsache, das sind Ulf und Heiko», erkannte Harry.

Die Brockmanns hatten Jasper eine Mütze über die Augen gestülpt, die Hände gefesselt und ihm ein riesiges Pflaster auf den Mund geklebt.

«Hmmm, hmmm, mmmm!», beschwerte sich Jasper.

«Hä? Sprech mal deutlicher», meinte Ulf und lachte dumpf über seinen Scherz.

«Voll der Legostheniker!», grunzte Heiko.

«Die Brockmanns arbeiten für den Chef», erinnerte sich Harry. «Vor ein paar Tagen im *Lebenslänglich* haben sie doch noch geprahlt: ‹Wir sind jetzt Partners vom Chef.› Aber wer soll das sein?»

«Verdammt, die hassen Jasper! Was werden die mit ihm machen, Harry?»

«Lasst uns in mein Auto setzen und da überlegen, was wir machen können», schlug Harry vor.

Mathilde glaubte nicht recht gehört zu haben.

«Auto? Du hast dein Auto hier?»

«Mein Chrysler, ja. Er steht direkt um die Ecke.» Harry machte ein unschuldiges Gesicht.

«Ich glaube es nicht! Warum sitzen wir da nicht längst drin und verfolgen die Limousine?»

«Ich musste doch von der Entführung und deiner Rettungsaktion berichten!»

«Dann fahren wir halt jetzt! Los!»

«Die sind längst auf und davon.»

«Dann fährst du eben schneller!»

«Bei den Straßenverhältnissen? Das ist ein original Chrysler, Baujahr 1974! Für das Modell bekommt man so gut wie keine Originalersatzteile mehr!»

«Okay ...», versuchte sich Mathilde zu beherrschen. «Dann fragen wir Jasper, wo sie hinfahren, und fahren dann hinterher. Hoffentlich hat deine Kiste wenigstens eine Heizung.»

Isabelle saß auf dem hölzernen Armaturenbrett in Harrys Chrysler. Die drei Ganoven spitzten die Ohren. «Eh, Würstchen, Bock auf Glotze?», konnten sie Ulfs Stimme hören. «Die Limu hat Bordfernsehen. Guckst du!» Dann lachten die beiden Brockmann-Brüder dreckig. Die Geräusche eines Zeichentrickfilms waren zu hören. Figuren kreischten überdreht, und alle paar Sekunden explodierte etwas. Die Brockmann-Brüder jubelten bei jedem Knall.

Mathilde beugte sich zu Isabelle und flüsterte in ihren Bauch: «Jasper!»

Es kam keine Antwort.

«Jas, kannst du mich hören?», versuchte Mathilde es etwas lauter. «Huste zweimal, wenn du mich hörst!»

Harry starrte gebannt auf Isabelle.

«Öhö, öhö», räusperte sich die Puppe leise.

Mathilde hüpfte in ihrem Sitz hoch vor Freude, Harry und Alex ballten eine Faust und boxten sie aneinander.

«Kannst du sprechen?», flüsterte Mathilde.

«Öhö!» Das konnte nur «Nein!» bedeuten.

«Weißt du, wo ihr seid?»

«Öhö.»

«Eh, Würstchen, Schnauze! Das Gehuste nervt!», beschwerte sich Heiko.

«Ich lasse Isabelle an! Melde dich, wenn du kannst! Okay?»

«Öhö, öhö.»

Dann hörten sie einen dumpfen Schlag, und Jasper stöhnte auf. «Schnauze, hab ich gesagt!»

## Ganoven kennen keinen Schmerz

«Wir sind daha!», rief Ulf fröhlich, so als wären sie gerade im Skiurlaub angekommen. «Alles aussteigen!»

Er zog Jasper mit einem Ruck aus dem Wagen, und bevor Jasper es sich versah, lag er im Schnee.

«Hoppla! Nicht so hastig, Würstchen!» Er sagte das mit so viel gemeiner Freude, dass Jasper fest damit rechnete, gleich Ulfs Stiefelspitze in seinen Rippen zu spüren. Er spannte vorsichtshalber alle Muskeln an, aber der Tritt blieb aus.

Dafür hörte er Heiko schimpfen.

«Ey, haste Macke, Bruder? Der Chef braucht das Würstchen noch! Heb den sofort wieder auf!»

Ulfs Wurstfinger packten Jasper bei den Armen, und er brachte ihn wieder auf die Beine.

«Schwein gehabt, Würstchen», drohte ihm Ulf und stieß dabei mit seiner Nasenspitze gegen die Mütze auf Jaspers Kopf. Wenn Jasper nicht gewusst hätte, dass da der dicke Brockmann vor ihm stand, er hätte auf ein Monster getippt, so beißend war der Geruch, der durch die Mütze in seine Nase strömte.

Ulf schubste Jasper unsanft weiter. Jasper konnte durch die Mütze so viel sehen wie durch eine Betonwand, und obwohl er unter der Stoffglocke die Wärme seiner Atemzüge spürte, hatte er das Gefühl, er müsste ersticken. Die Brockmanns würden sich fürchterlich rächen, so, wie sie es neulich im *Lebenslänglich* angedroht hatten. Aber was hatten sie mit ihm vor? Wohin brachten sie ihn?

«Hier geht's lang!»

Jasper stieß gegen eiskalte Gitterstäbe. Ein Käfig! Er lauschte. Knurrte da eine Raubkatze? Nein. Ihm wurde trotzdem schlecht.

«Weitergehn, Würstchen!», befahl Ulf, boxte Jasper auf den Oberarm und drückte ihn gegen die Gitterstäbe. Die Stäbe gaben nach. Ein Drehkreuzeingang! Jasper atmete auf und betrat das Freibad oder wo immer sie auch waren.

Die kalte Winterluft fegte fünf helle Glockenschläge einer entfernten Kirche zu ihm herüber. Sollte Jaspers letztes Stündchen geschlagen haben?

«Eh, Scheiße, ich steck fest!», hörte Jasper hinter sich Ulf fluchen und ächzen. Offenbar klemmte er im Drehtürgitter.

«Boah, bist du dämlich, du musst doch die Jacke vorher ausziehen, Fettsack!», maulte Heiko. «Warte, ich schiebe!»

Jasper hörte, wie die Brockmanns zu zweit asteten.

«Aua, nicht so feste!», schrie Ulf.

«Stell dich nicht so an, du Tussi!»

Das war die Chance!

Jasper nahm die gefesselten Hände hoch und zerrte sich die Mütze vom Kopf.

Jasper sah die Brockmanns. Ulf hing immer noch in der Drehtür fest, Heiko drückte und schob aus Leibeskräften. Jasper rannte los, rein in das nächstbeste Versteck, eine kleine Parkanlage, die direkt am Wegesrand begann. Und er lief, ohne sich umzudrehen, in den Park hinein. Erst als er kaum mehr Luft bekam, merkte er, dass er noch das Klebeband vor dem Mund hatte.

Früher durfte seine Mutter kein Kinderpflaster abreißen, bevor es nicht so alt war, dass es fast von selbst von der Haut fiel. Das Klebeband auf seinem Mund war zehnmal so groß wie ein Kinderpflaster, und es klebte wie eine Schicht Sekundenkleber.

Jasper musste es in einem Ruck abreißen und durfte keinesfalls schreien, wenn er sich nicht verraten wollte. Mathilde könnte das Band bestimmt wegtricksen, dachte Jasper. Weil aber Mathilde nun mal nicht da war, musste er sich selbst vertricksen: mit Autosuggestion. Dafür musste man nicht zaubern können, sondern einfach den nötigen Glauben haben. Also redete sich Jasper ein, er sei ein furchtloser Ganove. Dreimal wiederholte er in Gedanken den Spruch «Ganoven kennen keinen Schmerz», dann riss er das Band in einem Schwung ab und schrie. Er konnte einfach nicht anders. Es tat höllisch weh, so als hätte er sich mit dem Band gleich auch noch die Unterlippe abgerissen.

«Uaaaahhhh!», hörte Jasper gleich darauf die Brockmanns brüllen. «Wir kriegen dich, Würstchen!»

Die beiden waren fast explodiert vor Wut über Jaspers Flucht. Mit aller Macht quetschten sie Ulf aus dem Drehkreuz und nahmen die Verfolgung auf.

Jasper wollte gerade weiter, da hörte er Mathilde: «Jasper, was ist denn? Melde dich doch!», rief sie verängstigt und klang so dünn, als sei sie unendlich weit weg. «Sag doch was! Jasper, Jas! Was haben sie mit dir gemacht?»

Endlich begriff Jasper, woher die Stimme kam: aus dem kleinen Lautsprecher! Er war ihm aus dem Ohr gefallen, als er den Sack vom Kopf gezogen hatte, und baumelte nun an einem dünnen Kabel auf seinem Rücken. Mit einer Körperdrehung wirbelte er den Kopfhörer nach vorn, bekam ihn mit den Händen zu fassen und steckte ihn sich wieder ins Ohr. Fahrig tastete er nach dem Mikro unter der Daunenjacke, fand es und redete, während er lief, auf das Mikro ein: «Mathilde, Mathilde, hörst du mich? Du musst mich hier rausholen! Die Brockmanns sind hinter mir her!»

«Jas! Ein Glück! Ich dachte schon … Wo bist du?»

«Woher soll ich das wissen?», keuchte Jasper. «Ich hatte bis eben eine Mütze über den Augen. Hast du keine Zauberkugel, in der du mich orten kannst?»

«Das haben Hexen im Märchen!»

«Dein drittes Auge! Was ist damit?»

«Damit kann ich Gefühle spüren. Beschreibe, was du siehst!»

«Scheiße, nur Bäume. Ein Park. Irgendwas Öffentliches! Auf dem Land, glaube ich.»

«Würstchen, du kommst hier nicht rauuuus!»

«Hörst du? Das war Heiko! Sie kommen näher!»

«Verdammt, Harry, was machen wir nur?» Mathilde verfiel in Panik.

Jasper lief weiter ziellos durch den verschneiten kleinen Park, dann öffnete sich eine Lichtung, und da stand ...

«Ein Haus, Mathilde! Da ist ein Haus!»

Mathilde jauchzte.

Jasper lief über den Vorplatz auf das verfallene Gebäude zu. Es war dunkel, der Eingang war unbeleuchtet, die Fenster verbarrikadiert.

«Sieht unbewohnt aus! Verdammt!»

Er trat an ein Fenster und lugte durch die Ritzen in den Holzbrettern. Nichts zu sehen. An der Haustür funktionierte die Klingel nicht, aber es gab einen Türklopfer: eine Eisenfaust.

«Ich klopfe mal an!», flüsterte Jasper ins Mikrophon, aber die Faust war eingerostet.

Jasper schaute sich nach den Brockmanns um und klopfte dann mit der flachen Hand gegen die Tür.

«Ist da kein Namensschild? Dann können wir im Telefonbuch nachschauen», hörte Jasper Mathilde in seinem Ohr.

«Unter der Klingel ist nichts!»

«Vielleicht vorne an der Treppe ein Briefkasten oder eine Zeitungsbox!», rief Harry Singvogel dazwischen.

Jasper machte ein paar Schritte zurück. Kein Briefkasten.

«Da! Über der Tür steht was!», rief Jasper.

Aber viel konnte er nicht erkennen in der Dunkelheit, die sich inzwischen über das Haus gelegt hatte und nun langsam in Jaspers Jacke kroch. Zudem waren die Zeichen an der Häuserwand schon stark verwittert.

«Sieht aus wie eine Zahl! Ich kann's nicht genau erkennen. Moment!»

Jasper kramte umständlich nach seinem Schlüsselbund mit der winzigen Stabtaschenlampe, da öffnete sich die Tür, und eine dunkle Gestalt trat aus dem Haus, packte Jasper mit beiden Händen und zerrte ihn herein.

## Bärchentrainingslager

Jasper bekam kaum Luft, so heftig nahm Heiko ihn in den Schwitzkasten.

«Haste gedacht, kannst abhauen, wa? Ey, wir sind nicht dämlich. Uns geht keiner stiften!» Heiko verpasste Jasper eine Kopfnuss.

«Ich will auch mal!», bettelte Ulf und ballte schon eine Faust.

«Nee, du machst ihn nur kaputt! Der Chef braucht das Würstchen noch!»

«Aber der hat doch schon die beiden Heimdeppen!»

«Ey, Brötchen in der Birne? Der Chef will so viele Schnuffels wie geht! Deswegen haben wir das Würstchen doch mitgenommen!»

«Ach ja, extrakt!», erinnerte sich Ulf und freute sich wie ein kleines Kind. «Der Chef fuzzioniert ein Schnuffelchen aus dir! Dann läufst du nicht mehr weg! Hehe!»

Endlich ließ Heiko Jaspers Hals los. Jasper lag auf dem Fußboden und rang röchelnd nach Luft.

«So, und jetzt husch, husch zu den Kinderchen!», befahl Heiko und schnitt den Kabelbinder an seinen Handgelenken durch. «Gleich singt euch der Chef noch ein Gutenachtliedchen!»

Damit verschwanden die Brockmanns und ließen Jasper in dem verfallenen Haus zurück.

«Jasper?», rief Mathilde aufgeregt. «Alles gut?»

«Es geht», antwortete Jasper.

«Ich verwandele die in Stinkwanzen, wenn ich sie kriege!» Mathildes Stimme tat so gut.

«Konntest du den Namen an der Hauswand lesen?»

«Nein.»

«Schau nochmal nach!»

«Ich bin eingesperrt!», berichtete Jasper und inspizierte die Haustür: Sie war eigenartiger Weise über einen Motor geschlossen worden, wie der Eingang in der Stadtbücherei. Das Schloss war nagelneu, aber es gab keine Türklinke.

«Ohne Schlüssel oder einen Trick von dir komm ich hier nicht raus!», sprach Jasper in das Mikrophon.

«Kannst du beschreiben, was du siehst?», fragte Harry.

Jetzt schaute sich Jasper zum ersten Mal in dem Haus um. Er befand sich in der Empfangshalle einer altmodischen Villa: Eine brüchige Steintreppe führte in den ersten Stock, unter der Decke hing krumm und schief ein Kronleuchter, und die Schränke waren die reinsten Holzwurmhotels, so durchlöchert waren sie.

«Sieht aus wie Schloss Dracula für Arme», berichtete Jasper flüsternd. «An der Wand hängen Gemälde von gruseligen Gestalten, und im Treppengeländer sind überall Spinnweben. Scheint das Versteck für die zwei Jungs zu sein!»

«Wieso?», fragten Mathilde und Harry gleichzeitig.

«Auf dem Boden liegen leere Hamburger-Packungen und Pommes-Schalen und Cola-Dosen, und da hinten sind zwei Betten. Auf den Kissen liegen Stoffbären.»

«Sind die Jungs auch da?», wollte Harry wissen.

Jasper wollte gerade sagen: «Niemand zu sehen», als zwei Tiere die Treppe herunterkamen! Zwei Bären! Kleine Bären, aber Bären. Jasper überlegte, wie er sich in solch einer Situation verhalten musste. Das hatte er in einer Tierdokumentation schon mal gesehen. Weglaufen? So tun, als wäre er ein Baum! Das war's! Jasper bewegte sich nicht, er raschelte noch nicht einmal mit den Blättern. Aber das beeindruckte die Bären nicht. Sie kamen auf Jasper zu!

«Hi, der Chef hat schon von dir erzählt», sagte der eine Bär und nahm den Kopf von den Schultern. Ein blonder

Haarschopf kam zum Vorschein. «Ich bin Nils. Das ist mein bester Freund, Maximilian.»

«Auch Bärenfan? Wie heißt du denn?», fragte der andere Bär und nahm ebenfalls den Bärenkopf ab. Augen so dunkel wie Specksteine musterten Jasper.

«Hast du keinen Namen? Oder kannst du nicht sprechen?», fragte Maximilian.

«Jasper! Ich heiße Jasper! Ich hab gedacht, ihr wärt ...»

«Was denn? Bären?», lachte Nils. «Du hast gedacht, wir sind echte Bären?»

«Was bist denn du für einer?», fragte Maximilian. «Du kannst Teddybären nicht von echten Braunbären unterscheiden? Warum bist du dann hier?»

«Die Brockmanns haben mich entführt, genau wie euch.»

«Uns hat niemand entführt.»

«Wie? Da draußen in der Stadt ist eine Hundertschaft Polizisten unterwegs und sucht euch.»

«Wow, nur weil wir aus dem Heim abgehauen sind?», wunderte sich Maximilian. «Die sollen mal schön warten, bis wir den Job im Bärchenland haben.»

Jasper schaute die beiden fragend an.

«Du bist doch auch hier, weil du den Bärchenjob willst, oder? Hat der Chef erzählt.»

Jasper verstand gar nichts mehr.

«Hey, Jungs, ich finde, wir sollten erst mal Hilfe holen.»

«Wir brauchen keine Hilfe!», blieb Nils stur.

«Ihr seid eingesperrt!»

Maximilian lachte spöttisch. «Wir können von überall abhauen, wenn wir wollen. Wollen wir aber nicht!»

Wenn man jemanden betrügen will, muss man sich erst auf seine Seite schlagen, erinnerte sich Jasper an einen alten Leitsatz des großen Giordani, und lenkte ein.

«Okay, wenn der Bärchenjob so ein großes Ding ist … Habt ihr für mich auch ein Teddy-Kostüm?»

Maximilian strahlte. «So gefällst du mir schon besser. Das Kostüm hängt an der Garderobe.»

Jasper legte Jacke und Anzug ab und schlüpfte in das Teddybärenfell.

«Und jetzt?», fragte er.

«Bis der Chef kommt, zeigen wir dir die wichtigsten Sachen, die du als Bärchen wissen musst.»

## Standpauke

Um dieselbe Zeit am anderen Ende der Stadt drappierte Christa Schlösser zum dritten Mal die Mortadella mit Clownsgesicht auf dem Wurstteller und wunderte sich, wo ihre Männer blieben. Endlich ging der Schlüssel im Haustürschloss, und Christa zündete beruhigt die Tischkerze an.

«Na, ihr seid aber spät dran», grüßte sie, und es klang erleichtert und vorwurfsvoll zugleich.

«Wie?», fragte Heinz zurück. «Ist Jasper noch nicht hier? Ich wollte ihm eigentlich gerade eine Standpauke ...»

«Hat er wieder getrödelt, und du hast ihn aus den Augen verloren? Du weißt doch, du musst immer bei ihm bleiben, er ist doch noch so klein.»

«Vielleicht ist er drüben bei Mathilde?»

«Da habe ich längst angerufen. Diese Leute haben keine Ahnung, wo ihre Tochter steckt. Weißt du, was sie gesagt haben? ‹Man muss auch loslassen können.›» Christa lachte spitz, und ihr Hals bekam rote Flecken.

Heinz nahm sie in den Arm. Aber Christa wollte jetzt nicht beruhigt werden, sie wollte wissen, wo ihr Sohn war.

«Warum wolltest du ihm eine Standpauke halten?», fragte sie und verschluckte sich vor Aufregung beim Sprechen.

Heinz setzte sich. Er kam sich vor wie bei einem Verhör, nur war er der Verdächtige.

«Nichts Schlimmes eigentlich. Ich ... wir waren doch gemeinsam einkaufen. Hab ich dir doch erzählt, dass ich mit Jasper ... wo ich doch so wenig Zeit habe für den Jungen und der Skiurlaub und alles ...»

«Was hat Jasper gemacht?»

«... ich wollte ihm was schenken, was zum Spielen, aber er wollte ja unbedingt so ein Schnuffelbärchen, dabei hab ich ihm so oft gesagt, dass er dafür schon zu groß ist, und da wollte er dann auf einmal nach Hause, war ganz niedergeschlagen. Da ist er dann stur, kennst ihn ja. Ich hab ihm gesagt, er soll kurz warten, ich wollte Reinhardt holen, dass er ihn fährt, aber er wollte unbedingt mit der S-Bahn ...»

«REINHARDT?», unterbrach ihn Christa. «Wieso Reinhardt, wenn ihr Einkaufen geht? Und warum hast du ihn nicht gefahren?»

Heinz druckste: «Ich hatte noch was zu tun im Mega –»

«Wo?»

«Och ...»

«Wo!?»

Jetzt bekam Heinz rote Flecken am Hals.

«Wir hatten das doch am Abend zuvor besprochen ...»

«Er will doch unbedingt Polizist werden, da hab ich ihm erlaubt, dabei zu sein, wenn wir Robin Kid eine Falle stellen.»

«Und?»

«Hat nicht geklappt.»

«Und wo ist Jasper?»

Heinz zuckte mit den Schultern.

«Was ist, wenn dieser Kerl unseren Jasper ...?» Christa Schlösser brachte es nicht über die Lippen.

«Jasper ist kein Heimkind», sagte Heinz.

«WOHER SOLL DAS DIESER ENTFÜHRER DENN WISSEN?!», schrie Christa und schmiss Heinz sämtliche Senfgürkchen an den Kopf, die auf dem Tisch lagen.

«Hör auf damit! Es waren hundert Zivilkräfte im Kaufhaus! Wenn Robin Kid da gewesen wäre, hätten wir ihn gefasst, und er säße jetzt in U-Haft!»

«Aber er ist frei und irgendwo da draußen und unser Junge auch, und du gehst auf der Stelle auch wieder da raus und suchst ihn! Und du brauchst nicht eher nach Hause zu kommen, bis du Jasper gefunden hast!»

## Im Namen des Schnuffels

Jasper schwitzte so sehr unter dem Bärenkostüm, dass ihm die Niagarafälle den Rücken hinabliefen. Seit gut einer Stunde brachten Nils und Maximilian ihm bei, wie er sich als Bärchen zu verhalten hatte, und erzählten ihm von ihren Lieblingstieren.

Nils und Maximilian wussten alles über Bären: welche

Arten es gab, wie sie lebten, was sie fraßen. Sie kannten auch alle Teddys und Zeichentrickbären, von Balu bis Pooh. Bären waren ihr Ein und Alles, und sie träumten davon, in Kanada wilden Grizzlys zu begegnen. Im Toystore wollten sie sich Bärchen klauen, als Glücksbringer für die Reise, dann zum nächsten Hafen und als blinde Passagiere nach Kanada.

«Aber man hat uns beim Klauen erwischt», erklärte Nils. «Unser Glück! Jetzt können wir beim Chef das Bärchendiplom machen und fahren halt später nach Kanada.»

Jasper hätte den beiden gerne von den genialen Ganoven erzählt, von Mathildes phänomenalen Tricks und ihrem geplatzten Coup im Kaufhaus.

Gerade hatte Nils ihm gezeigt, wie man tapsig läuft, da erlosch das Deckenlicht, und der Eingang der Villa wurde von einem Strahler beleuchtet. Die Haustür öffnete sich summend, und zwei Bären traten ein: ein rosafarbener und ein blauer.

Dann erschien eine Gestalt in einem weißen Gewand. Sie sah aus wie ein Nachtgespenst, trug aber Plüschbärchenpantoffeln an den Füßen und ein zerzaustes Schnuffelbärchen im Arm.

Der Chef war Billy Brasso!

Billy hob die Arme zum Gruß und quäkte: «Schnuff, schnuff, meine Kinder!» Nils und Maximilian winkten ihm und verfielen dann in einen schwerfälligen Bärentanz. Jasper versuchte es ihnen nachzumachen, wankte aber umher wie ein angeschossener Braunbär. Lampenfieber.

«Bravo, meine Bärchen!», quäkte Billy begeistert, klatschte in die Hände und verteilte großzügig Gummibärchen. «Das Polizistensöhnchen lernt das auch noch», zischte er mit falschem Lächeln. «Ich singe immer noch ein Gutenachtlied, wenn alle im Bett sind. Dein Bett steht neben der Treppe.»

«Was haben Sie mit uns vor?», fragte Jasper.

«Ich befreie euch!», sagte Billy und lachte gackernd. «Und jetzt marsch ins Bett!»

Jasper schnappte seine Jacke und den Anzug und kroch unter die Decke des Feldbettes. Billy war kurz in einem Nebenraum verschwunden. Jasper wagte es und steckte heimlich den Hörer in ein Ohr.

«Mathilde?», flüsterte Jasper.

«Da bist du ja endlich!», meldete sich Mathilde aufgeregt. «Ich habe mir solche Sorgen gemacht!»

«Alles in Ordnung. Dieser Billy ist total plemplem, aber harmlos. Gleich singt er uns ein Gutenachtlied, pfff», lachte Jasper.

Die Lichtpunkte einer Discokugel verwandelten die Hallendecke in ein Sternenmeer. Eine Kindermelodie erklang von irgendwoher und wehte durch den Raum wie Zuckerwattefäden im Wind.

«Es geht los! Bis später!», flüsterte Jasper.

Der Lichtkegel des Scheinwerfers kletterte die Treppe

hinauf und erreichte auf der obersten Stufe Billy. Wie war der da so plötzlich hingekommen? Billy schritt mit großer Schnulzensängergeste die Stufen herab und sang wie ein Erpel mit Halsschmerzen. Jasper musste sich die Ohren zuhalten. Es war grausig!

«Kommt ein kleiner Schnuffelbär
aus dem Bärchenland daher,
sein Fell, das ist so schnuffelweich,
alle Kinder rufen gleich:
Schnuffi schnuffi
schnuff schnuff schnuff
schnuffel schnuffel schnuff!»

Die zweite Strophe durfte Billys Schnuffelbärchen singen! Billy hielt das Bärchen neben seinen Mund und tat, als würde es singen können. Natürlich sang er wieder selbst, und jetzt klang er wie ein Küken, das sich bei seinem Vater angesteckt hatte:

«Alle Kinder nah und fern
haben unser Bärchen gern.
Schnuffi lädt euch alle ein,
bald selbst ein Schnuffelbär zu sein.
Schnuffi schnuffi
schnuff schnuff schnuff
schnuffel schnuffel schnuff!»

Die Musik verklang, und es war auf der Stelle still. Nur das regelmäßige Atmen von Nils und Maximilian war zu hören. Sie waren eingeschlafen! Billy schlich auf Zehenspitzen die Treppe hoch. Oben drehte er sich noch einmal um und winkte. Dann verschwand er in einem Zimmer.

# Plan B

Erst als Billy die Zimmertür hinter sich geschlossen hatte, verließen die Brockmann-Bären das Haus. Offenbar schliefen sie nicht in der Villa. So konnten sie ihn wenigstens nicht im Schlaf überfallen, dachte Jasper.

Die Eingangstür stand für einen Moment offen, dann begann sie sich summend zu schließen. Jasper schlug die Decke zurück und eilte zur Tür. Er schaffte es gerade eben, seinen Fuß in die Tür zu stellen, bevor sie ins Schloss fallen konnte. Durch den Spalt sah er den blauen und den rosafarbenen Bären zwischen den Bäumen verschwinden. Sicherheitshalber zählte er bis 50, legte seinen Schuh an den Türrahmen und hüpfte auf einem Bein ins Freie.

Mit dem Taschenlämpchen fuhr er die verwitterten Zeichen an der Häuserwand nach, so als wollte er eins nach dem anderen mit Licht ausmalen. Als er genug gesehen hatte, schlich er zurück ins Haus und schlüpfte unter die Bettdecke.

«Da bin ich wieder!», meldete sich Jasper. «Hört ihr mich? Ratet mal, was ich entdeckt habe?»

«Jas! Was denn? Sag schon!», drängte Mathilde.

«‹842 Elmstraße›!», triumphierte Jasper.

«Was soll das sein?», fragte Harry. «Ein Zahlenrätsel?»

«Kommt ihr nicht drauf? Das steht draußen an der Hauswand und bedeutet: Elmstraße 842. Ich habe die Adresse der Villa gefunden!»

Auf der anderen Seite, bei Baby Isabelle, wurde es einen

Moment still, dann fragte Mathilde ungläubig: «Du warst draußen?»

«Ich hab die Brockmanns überlistet», verkündete Jasper stolz.

«Und wo bist du jetzt?»

«Na, wieder im Bett», flüsterte Jasper. «Wo sonst?»

«Im Bett?? Warum bist du denn nicht abgehauen?»

«Weil ihr sofort herkommen müsst! Die Räuportage geht weiter!», sagte Jasper trocken und wartete, bis die Bombe bei seiner Partnerin eingeschlagen war.

«Gehirnfrost. Er hat Gehirnfrost, Harry», hörte er Mathilde sagen, und sie klang echt verzweifelt.

«Hör mal!» Das war Harry. Er redete, als wäre Jasper gerade in einen Brunnen gefallen und müsste beruhigt werden. «Wir alarmieren jetzt die Bullen, die holen dich da raus!»

«Nein! Die können wir nicht gebrauchen!»

«Dieser Billy ist total verrückt! Hast du selber gesagt!»

«Er ist harmlos! Nils und Maximilian – soll ich euch verraten, was er gemacht hat, als sie im Toystore die Bärchen geklaut haben? Er hat jedem für seinen Mut und seinen guten Geschmack gratuliert! Keine Anzeige, kein Ladenverbot. Sie durften die Bärchen sogar behalten. Das ist doch plemplem!»

«Allerdings», musste Harry ihm Recht geben. «Aber er sperrt sie in dieser ollen Villa ein!»

«Die beiden sind die totalen Bärenfans. Sie finden Billys Schnuffelbärchen megacool. Also hat er ihnen angeboten, dass sie die ersten Animationsbärchen in seinem Bärchenland sein dürfen.»

«Kannst du das unseren Zuschauern etwas genauer erklären?», fragte Harry.

«Billy eröffnet im Frühjahr das Bärchenland. Soll so was werden wie Disneyland, nur für seine Schnuffels. Und weil die Jungs so große Fans sind, kriegen sie den Job als lebende Schnuffelbären. Von dem Geld wollen die beiden dann später nach Kanada zu den Grizzlys.»

«Aber Billy hat dich entführt!», ließ Mathilde nicht locker. «Das ist doch nicht harmlos!»

«Zur Strafe entführen wir seinen Schnuffelbären! Seinen allerliebsten Schatz! Seinen einzigen Freund!»

«Das hat was», überlegte Harry. «Nicht sehr spektakulär, aber supergemein! Und er hat es verdient. Ihr entführt das Bärchen und bringt den Entführer zum Weinen! Alles ganz cool mit links! Dann ist sogar der Ganove des Jahres drin. Meine Meinung.»

«Was ist, Mathilde, ziehen wir das Ding durch? Billy hat den Schnuffel mit ins Bett genommen, darauf wette ich! Wir entführen das Ding noch heute Nacht!»

«Einfach so? Ohne Plan?»

«Hey, wir entführen ein Stofftier, keine Prinzessin.»

«Und die Brockmanns?»

«Du wolltest sie in Stinkwanzen verwandeln. Schon vergessen?»

Mathilde raffte all ihren Mut zusammen: «Okay, Partner, ich bin dabei.»

«Genial!», jubelte Jasper. «Wann könnt ihr hier sein?»

«Bei dem Wetter bis zur Elmstraße, knappe halbe Stunde», schätzte Harry.

«Okay, aber nicht trödeln!»

Jasper lag unter der Bettdecke und ballte die Fäuste! Das Blatt hatte sich um 180° gewendet. Sie waren wieder im Geschäft! Mit einem neuen Coup! Einem noch viel besseren als dem Kaufhausding. Sie würden nicht irgendeinen Schnuffel klauen, sie würden Billys Schnuffel entführen!

Jasper malte sich aus, wie ihre Räuportage ablaufen würde. Wie ein Butler würde er Mathilde, Harry und Alex an der Tür der Villa empfangen, ein kurzes Interview geben und dann gemeinsam mit Mathilde die Treppe hinaufschleichen. Die Gruselfratzen an der Wand könnten die genialen Ganoven nicht aus dem Konzept bringen, so viel stand fest. Vielleicht war die Tür zu Billys Schlafzimmer verschlossen? Umso besser, dann würde Mathilde mit einem Trick öffnen, natürlich nah gefilmt von Alex. Ganz bestimmt ein Highlight, das sie später bei «Beute heute» in Slow Motion wiederholen würden. Hoffentlich hielt Billy das Bärchen fest umklammert im Arm, dachte Jasper, damit die Entführung nicht zu einfach wurde. Dann konnte Mathilde auch nochmal beweisen, dass sie den Trick draufhatte, der ihr vor dem Kaufhaus misslungen war. Und die Zuschauer würden diesmal genau sehen können, wie das Schnuffelbärchen verschwinden und im nächsten Augenblick in Mathildes Armen wieder auftauchen würde. Und dann ab durch die Mitte! Perfekt wäre, wenn sich ihnen dann noch die Brockmann-Brüder in den Weg stellen würden. Mathilde würde sie locker-lässig in Schneemänner verwandeln, und der Coup wäre perfekt.

Zufrieden seufzend drehte sich Jasper auf die Seite. Mit geschlossenen Augen sah er die große Ganoven-Verleihung vor sich: Das *Café Lebenslänglich* war bis auf den letzten Platz gefüllt mit feierlich gestimmten Kollegen. Atemlose Spannung, als Kuddel den goldenen Umschlag mit dem Ergebnis der Jury öffnete: «Der Ganove des Jahres geht an … die genialen Ganoven Jasper und Mathilde für ihre Schnuffelentführung!»

Unter tosendem Applaus betraten Mathilde und Jasper die Bühne, und der große Giordani persönlich überreichte ihnen die goldenen Statuen. Als er die Trophäe in die Höhe reckte, nickte Jasper ein.

## Grünphase

«Meine Damen und Herren, willkommen zurück zu ‹Beute heute›, dem Magazin für den modernen Ganoven», moderierte Harry Singvogel hinter dem Steuer seines Chryslers. Auf dem Beifahrersitz saß Mathilde mit Isabelle und tippelte nervös mit den Fingern. Alex filmte sie von draußen durch die Windschutzscheibe.

«Wir sind auf dem Weg zum zweiten Teil des Bärchen-Coups von Jasper Schlösser und Magic Mathilde! Ja, eure Öhrchen haben richtig gelauscht, Kollegen: Die genialen Ganoven geben nicht auf und kämpfen weiter! Denn ...»

«Harry!», unterbrach Mathilde ungeduldig. «Wir sind nicht auf dem Weg! Wir stehen! Es ist kalt! Wenn du noch länger anmoderierst, frieren meine Finger ein!»

«Haha, die Jugend kennt keine Geduld, liebes Publikum! Alex! Schnitt! Wir starten!»

Bibbernd stieg Alex ein und filmte von der Rückbank weiter. Harry rieb sich tatfreudig die Hände. «Auf zum Tatort! Auf zur Elmstraße!» Er drehte den Zündschlüssel, und der Sechszylindermotor röhrte los. Mathilde regelte gleich die Heizung auf höchste Stufe und hielt ihre Finger an die Lüftungsschlitze. Nicht noch einmal kalte Finger beim Coup!

Harry steuerte den Chrysler gemütlich durch die verschneite Nacht.

«Schon mal was von grüner Welle gehört?», fragte Mathilde Harry, als sie zum wiederholten Mal auf eine rote Ampel zufuhren, die kurz zuvor noch grün gewesen war.

«Liebe Zuschauer», sprach Harry über die Schulter nach hinten, «da macht sich offenbar Nervosität bei Magic Mathilde breit ...»

«Kein Wunder, du fährst so lahm, dass wir bei jeder zweiten Ampel anhalten müssen!»

«‹Bei Schnee und Eis, mach kein' Scheiß!› Alte Regel aus dem kleinen Handbuch des Fluchtwagenfahrers.»

«Aber bei dem Tempo kriegen wir keine einzige Grünphase! Wir wollen Billys Schnuffel entführen, solange er noch schläft. Wenn wir in dem Tempo weiterfahren, kommen wir in der Elmstraße an, und Billy hat schon gefrühstückt.»

«Wenn wir einen Unfall bauen, entführt ihr auch nichts, weil du dann im Krankenhaus liegst. Und mein schönes Auto landet auf dem Schrottplatz.»

«Dann eben nicht schneller. Aber ab jetzt wird nicht mehr angehalten!»

«Soll ich etwa bei Rot fahren? Bei dem Polizeiaufgebot in der Stadt haben die uns doch sofort am Wickel.»

Mathilde konzentrierte sich, bis eines ihrer japanischen Stäbchen leuchtete.

«Hey, mach keinen Mist, Mathilde!»

Mathilde richtete das Stäbchen auf die nächste Ampelanlage. Sie schaltete von Rot auf Grün, ganz so, als wären die Stäbchen keine Stäbchen, sondern eine Ampelfernbedienung.

Und so ging das mit jeder Ampel: Sie hatten Grün, die anderen mussten warten.

Harry war begeistert.

«Liebe Zuschauer, Sie erleben gerade den beeindruckenden Auftakt eines denkwürdigen Coups. Mathilde, ein kleines Interview für die Kollegen zu Hause?»

«Wenn's sein muss!»

«Was versprichst du dir von diesem Coup?», fragte Harry und hielt ihr das Mikrophon hin, während er mit der anderen Hand lässig den Chrysler durch die Stadt lenkte. «Ruhm, Reichtum?»

«Ich bin schon froh, wenn wir das Ding erfolgreich über die Bühne bringen.»

«Das sollte doch für euch kein Problem werden.»

«Mein Gefühl sagt mir was anderes.»

«Na, na! Pessimismus ist ein schlechter Komplize. Früher oder später verpfeift er dich!»

Sie fuhren aus der Stadt in die Dunkelheit. Mathilde sah aus dem Fenster in die grau verschneite Nacht. Sie drückte ihre alte Babypuppe Isabelle fest an sich und fragte Harry: «Hast du Musik?»

«Kaputt.»

«Können wir was singen?», bat Mathilde mutlos.

«Ich kenn nur ‹Scheiße auf der Zuchthausmauer› …», sagte Alex.

«Das ist genau das, was ich jetzt brauche», sagte Mathilde, legte vorsichtshalber den Schalter an Isabelles Rücken auf Off und begann zu singen:

«Scheiße auf der Zuchthausmauer, helaa helalilo,
macht die Wärter ziemlich sauer, helaa helalilo.»
Harry und Alex setzten mit ein:
«Helaa helalilali helaa helalilo,
helaa helalilali helaa helalilo.
Scheiße auf der Bullenmütze, helaa helalilo,
finden wir Ganoven spitze, helaa helalilo.
Helaa helalilali helaa helalilo,

helaa helalilali helaa helalilo.
Scheiße auf dem Martinshorn, helaa helalilo,
fliegt nach hinten, nicht nach vorn, helaa helalilo.
Helaa helalilali helaa helalilo,
helaa helalilali helaa helalilo.»

Nach 40 Minuten Fahrt kamen sie in den Vorort, in dem die Elmstraße lag.

«Da vorne müssen wir links!», lotste Mathilde.

Harry bog ab.

Mathilde legte Isabelles Schalter wieder um und sprach in ihren Bauch: «Jasper! ... Wir sind gleich bei dir. Jas, hörst du mich? ... Jasper!»

Aber sie bekam keine Antwort.

«Da ist was schief gegangen», spürte Mathilde gleich.

«Was soll denn schief gehen? Die schlafen alle.»

Mathilde versuchte es noch dreimal vergeblich, dann rollte der Chrysler auf die Elmstraße.

«Liebe Zuschauer an den Decodern: Wir erreichen den Tatort», berichtete Harry mit sonorer Stimme. «Die aktuelle Tatzeit: 21:15 Uhr. Mathilde, Komplize Jasper meldet sich nicht. Irgendwas scheint faul, was wirst du tun?»

«Warum faul? Du hast doch gesagt, wahrscheinlich schlafen sie», sagte Mathilde unsicher.

Harry nahm das Mikro runter. «Das wird geschnitten. Der Zuschauer will Spannung! Wenn ich sage, dass alle schlafen, schläft uns am Ende noch das Publikum selbst ein. Denk dran: Eine Räuportage ist nicht einfach nur ein

Coup. Das ist ein Medienereignis! Alex, wir wiederholen den Take, okay?»

Alex gab ein Zeichen, dass er so weit war, und Harry legte noch einmal los: «Die aktuelle Tatzeit: 21:17 Uhr. Mathilde, Komplize Jasper meldet sich nicht. Da ist was faul. Wie geht's weiter?»

«Tja, äh, ich würde sagen: So schnell wie möglich Hausnummer 842 finden.»

Harry signalisierte Mathilde mit gestrecktem Daumen, dass ihm die Antwort gefallen hatte.

«Wir sind auf Höhe von Hausnummer 96, gib Gas, Harry!»

Harry beschleunigte, und kurz darauf waren sie am Ende der Elmstraße angekommen.

«Das kann nicht sein», sagte Mathilde verwirrt. «Das letzte Haus hat die Nummer 120.»

«Auf der anderen Straßenseite vielleicht?»

Alex filmte aus dem Autofenster das Haus gegenüber.

«121.» In Mathildes Stimme schwang leichte Panik mit. «Aber Jasper hat deutlich 842 vorgelesen!»

«In diesem Coup scheint der Wurm drin, liebe Zuschauer. Wir befinden uns auf der Elmstraße, aber weit und breit kein Park, kein Haus Nr. 842, kein Tatort.»

«Jasper! Melde dich! Wo bist du?», sprach Mathilde in ihre Puppe, aber sie bekam keine Antwort.

«... und kein Komplize», schloss Harry.

## Eine Beschwerde

Ein paar von Schlössers Männern waren nach dem Einsatz noch im Präsidium. Als ihr Chef plötzlich wieder auftauchte, staunten sie nicht schlecht: Der sonst so besonnene Polizist Schlösser schimpfte wie ein ganzer Schwarm Spatzen. «Der Junge ist fast 12 Jahre alt, da wird man ihn doch mal auf einen Einsatz mitnehmen dürfen!», regte sich Heinz auf. «Schließlich ist er der Sohn des Kriminalhauptkommissars. Durch Jaspers Adern fließt reinstes Polizistenblut!»

Schlösser tat den Kollegen Leid. Er machte sich Vorwürfe und verdrängte sie gleichzeitig wieder, weil nicht sein konnte, was nicht sein durfte. «Ich bin als kleiner Junge auch schon mal 'ne Nacht nicht nach Hause gekommen, weil ich im Baumhaus geschlafen oder mit den Kumpels eine verdächtige Wohnung observiert habe.»

«Aber nicht im Winter ...», kommentierte ein Kollege aus den hinteren Reihen ein wenig zu laut.

«Dumme Sprüche helfen jetzt auch nicht weiter, Kollegen!», wurde Heinz laut. «Mein Sohn ist verschwunden, und meine Frau macht sich Sorgen, egal ob Sommer oder Winter! Und wenn ihm was passiert ist, dann ...»

Heinz konnte nicht weiterreden. Er wollte sich einfach nicht vorstellen, was dann wäre. Aber seine Gedanken und Gefühle gehorchten ihm nicht. Sein Magen fühlte sich an, als hätte er einen Igel verschluckt.

«Chef, ist Ihnen nicht gut?», fragte Reinhardt.

Kriminalhauptkommissar Schlösser musste sich setzen. Er öffnete den obersten Knopf seiner Hose und atmete tief durch. «Danke, Reinhardt, geht schon! Jasper wird schon wieder auftauchen.»

Das Telefon klingelte.

«Na, was hab ich gesagt? Das ist sicher meine Frau!» Heinz nahm ab. «Wo hat sich der Lauselümmel rumgetrieben, Schatz?», fragte Schlösser aufgeräumt.

«Ich möchte mich beschweren», sagte eine Stimme durchs Telefon.

So einer hatte Heinz Schlösser gerade noch gefehlt. Aber auch Querulanten sind Bürger!, lautete einer seiner Leitsprüche, und so blieb er geduldig. «Worum geht es denn?»

«Ich habe mich immer bemüht, wohltätig zu sein, mich zu engagieren, verstehen Sie?»

«Das ist schön.»

«Besonders die Kinder lagen mir immer am Herzen.»

«Ja, sie sind die schwächsten Glieder unserer Gesellschaft.»

«Aber noch schwächer sind die Kinder, die in Heimen leben müssen.» Heinz Schlösser horchte auf. «Jeder rumänische Tanzbär in einem Käfig ist besser dran als ein Kind in einem Heim.»

«Oh, da tun Sie den Heimen aber unrecht. Die Zeiten sind schon lange vorbei. Heute dürfen die Kinder in Heimen ...»

«Ach ja?», unterbrach ihn der Anrufer und wurde lau-

ter. «Heute müssen sich Heimkinder ihre Schmusetiere stehlen, weil sie im Heim keine bekommen!»

Heinz drückte auf den Aufnahmeknopf der Telefonanlage und gab Kollege Sonderborg von der Technik ein Zeichen, den Anruf zurückzuverfolgen.

«Und wenn ich dann diesen armen Geschöpfen eines meiner beliebten Bärchen schenke und ihnen auch noch eine neue Chance gebe, verstehe ich nicht, wieso ich da gleich als so ein gemeiner Entführer hingestellt werde. Das ist sehr, sehr unfair!»

«Da muss ich Ihnen Recht geben, guter Mann, wie war noch gleich Ihr Name?»

«Für wie dumm halten Sie mich? Sie wollten mir schon heute Mittag eine Falle stellen. Und Sie haben Ihren eigenen Sohn dazu benutzt. Schämen sollten Sie sich!»

Ein hohles Pfeifen erklang in Heinz' Ohren. Es war, als wäre sein Gehirn eine schrillende Alarmglocke.

«Was wissen Sie über meinen Sohn?»

«Ihrem Sohn geht es gut. Er ist nur ein mäßig begabter Teddybär, aber ich werde ihn heute Nacht trotzdem fusionieren.»

«Stellen Sie Ihre Forderung! Wie viel Lösegeld wollen Sie?»

Die Stimme lachte. «Sparen Sie Ihr Geld lieber für die Eintrittskarten, die Sie demnächst brauchen werden, um Ihren Sohn zu sehen. Guten Abend.»

Tut, tut – tut, tut – tut, tut.

«Hallo? Hallo? Sind Sie noch da? … Habt ihr die Leitung zurückverfolgen können?»

Sonderborg schüttelte den Kopf: «Zu früh aufgelegt. Ein Profi.»

«Verdammt! Verdammt! Verdammt!»

Aus lauter Verzweiflung biss Heinz in den Telefonhörer.

## Böses Erwachen

Jasper schreckte hoch und schaute auf die Leuchtziffern seiner Uhr: 22:35 Uhr!

«Verdammt!»

Er musste fast 1 1/2 Stunden geschlafen haben, überschlug Jasper. So was durfte einem professionellen Ganoven einfach nicht passieren!

Mathilde und Harry waren sicher schon längst hier, und er hatte sie nicht gehört, weil er geschlafen und von ihrem Erfolg geträumt hatte.

Jasper suchte nach dem Jackett, um mit Mathilde Kontakt aufnehmen zu können, aber er konnte es nicht finden. Kein Jackett, kein Mikrophon. Unwillkürlich tastete er nach dem kleinen Hörer in seinem Ohr, aber da war auch nichts. Er suchte das Kabel, drehte die Bettdecke um, schüttelte sie aus, kein Ohrhörer! Verschwunden, mitsamt seinen Anziehsachen. Wie sollte er jetzt Mathilde verständigen? Und er konnte doch ihren Coup nicht im Bärchenkostüm durchziehen!

Jasper starrte vor sich hin und versuchte zu verstehen, was passiert war. Irgendjemand musste ihm die Sachen … «Die kleinen Räuber», grinste Jasper und schüttelte ungläubig den Kopf.

Er schlich zu Nils' und Maximilians Betten an der gegenüberliegenden Wand. Die beiden lagen bis über beide Ohren zugedeckt und schliefen.

Denen würde er was erzählen!

Was hatten sich die beiden Ausreißer nur dabei gedacht? Hatten sie mitbekommen, wie Jasper mit Mathilde gesprochen hatte, und befürchtet, er würde Hilfe holen? Oder fanden sie den Ganovenanzug einfach nur cool? Vielleicht klauten die beiden ja auch einfach alles, was ihnen in die Finger kam, nicht nur Bärchen in Kaufhäusern?

Jasper fasste einen Deckenzipfel und riss die Decke mit Schwung vom Bett.

Aber da lag weder Nils noch Maximilian.

«Huhuu, Würstchen! Überraschung!»

Ulf. Er grinste Jasper feist an und rief: «Heikoo, aufstehen!»

Heiko katapultierte sich aus dem anderen Bett und sprang Jasper an die Gurgel. «Na, Professor, die Heimkinder sind schon beim Chef! Kommst du auch gleich hin, wenn wir mit dir fertig sind.»

«Loslassen!», röchelte Jasper.

«Hä? Verstehst du, was der sagt, Ulf?», scherzte Heiko. «Red mal Deutsch!»

Ulf lachte dümmlich.

«Guck mal, was wir gefunden haben!» Heiko ließ das Mikro wie ein Pendel vor Jaspers Augen hin und her baumeln. Das Kabel war abgerissen.

«Du hast uns schon wieder verarscht.»

«Und zwar volle Kanülle!», bestätigte Ulf.

«Keine Sorge, die Zaubertussi kann dir nicht mehr helfen. Weil, wir bringen dich jetzt zum Chef, und der fuzzioniert dich dann!»

«Hihi, krass!», freute sich Ulf.

Heiko schleuderte das Mikro hinter sich. Dann ließ er endlich Jaspers Hals los. Jasper rang nach Luft.

«Abmarsch!», befahl Heiko.

## Mathilde gibt nicht auf

Zu dem Zeitpunkt, als Jasper noch tief und fest geschlafen hatte, suchten Mathilde und Harry am Flughafen nach der Lösung des Rätsels mit Hausnummer 842.

«Das war jetzt der zwanzigste Taxifahrer, den wir gefragt haben, mindestens», sagte Harry. «Sie kennen alle nur die eine Elmstraße, Mathilde! Es war schon dunkel, vielleicht hat sich Jasper verlesen.»

«Jasper ist ein Superhirn, und seine Augen sind perfekt!», unterbrach ihn Mathilde energisch. «Wenn er irgendwo ‹Elmstraße 842› liest, dann steht da auch ‹Elmstraße 842›! Hier gibt es hundert Taxifahrer. Wenn es sein muss, frage ich jeden einzelnen.»

Alex pfiff bewundernd über Mathildes Temperament.

«Das hat doch keinen Sinn, lass uns das hier abbrechen», schlug Harry vor.

«Hey, das ist unser Coup, unsere Räuportage! Du kannst nicht einfach abbrechen! Diesmal vergeigen wir unseren Coup nicht. Das spür ich!»

«Also gut, fragen wir weiter», seufzte Harry und ging zum nächsten Taxi in der nicht enden wollenden Taxischlange vor Terminal A.

Es war fast halb elf, und noch immer hatten sie keinen Taxifahrer gefunden, der ihnen hätte sagen können, wo die Elmstraße 842 war. Einer hatte sogar sein Navigationssystem befragt. «Error» war das Ergebnis, egal welche Stadt in der Umgebung er auch eingab.

«Meiste Kollegas sind ‹Airportkutscher› wie ich», erklärte ein Fahrer freundlich. «Wir nur fahren Airport. Musst du nicht suchen in Stadtplan. Fahrgast steigt ein und weiß, wo wohnt.»

Mathilde seufzte ein entmutigtes «Danke» und wollte

schon weiter, als der Taxifahrer noch eine Idee hatte: «Ich kann fragen Sandrala und Kollegas in Funk. Vielleicht hilft!»

«Das wäre supernett!»

«Ich heiß Utku, setz dich!», forderte er Mathilde auf. Sie nahm auf dem Beifahrersitz Platz und genoss die Wärme der Standheizung.

«Sandrala, bitte Taxi acht zwei fumf kommen!», sprach Utku in das Funkgerät hinter dem Lenkrad.

«Zentrale hört, acht zwei fünf», meldete sich eine Frauenstimme.

«Sandrala, wo ist Elmstraße 842?»

Augenblicklich krachte und piepste es im Funk, so viele Kollegen antworteten gleichzeitig. Man konnte nur Wortfetzen verstehen: «… bist du denn an die Lizenz gekommen?», «Kauf dir Stadtplan!», «Gibbet nich!» oder «… muss noch gebaut werden!»

«Acht zwei fünf?»

«Ja, Sandrala, acht zwei fumf hört?»

«Die Kollegen haben Recht, die Elmstraße geht nur bis 121.»

«Tut mir Leid, Kleine», sagte Utku und hielt Mathilde eine Tüte mit gerösteten Pistazien hin. «Nimmst du eine.»

Mathilde fischte eine Pistazie aus der Tüte und wollte gerade aussteigen, als sich noch eine Stimme meldete:

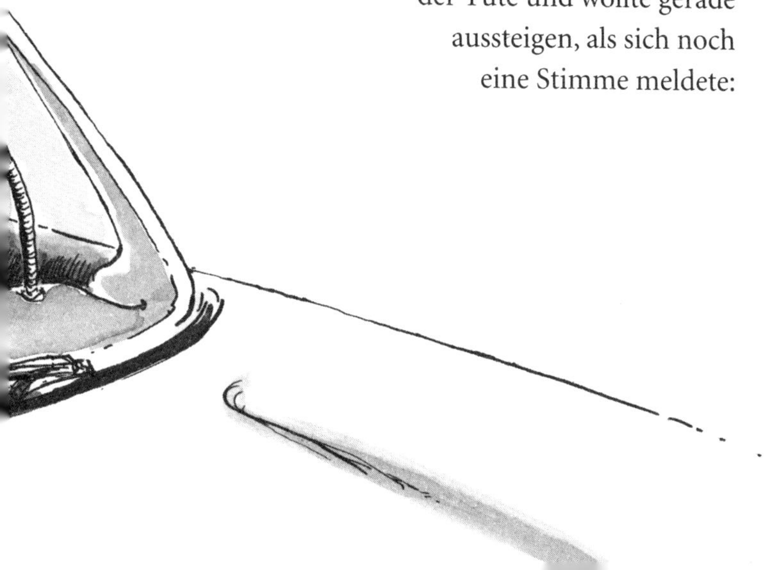

«Komm mal auf Kanal 2, acht zwo fünf!»

Utku zog Mathilde zurück in den Wagen, legte den Funkkanal um auf 2 und wartete.

«Bist du da?»

«Ja.»

«Tina Grey hat in 842 gewohnt!», sagte ein junger Taxifahrer und kicherte. «In Springwood, Ohio, USA.»

«Ich versteh nix.»

«‹Nightmare on Elmstreet›, Kollege. Horrorfilmschocker aus den 80ern. Freddy Kruger. Erscheint den Kindern im Traum und bringt sie um. Tina Grey wurde aufgeschlitzt.»

«Ein Film?», fragte Mathilde ungläubig. «Aber das Haus muss es geben, hier in der Stadt.»

«Fragst du selbst, Kleine!», sagte Utku und drückte die Funktaste.

«Äh, hallo, ich bin Mathilde und suche meinen Kumpel. Er hat gesagt, er ist in einem Haus, an dem ein Schild hängt mit der Aufschrift ‹842 Elmstraße›. Kennen Sie das?»

«Klar!»

«Echt? Wo?»

«Im Phantasiapark draußen vor der Stadt. Kann ich mir aber nicht vorstellen, dass dein Freund da ist.»

«Wieso?»

«Das Gelände ist eine einzige Baustelle. Der Park ist pleite. Wird jetzt umgebaut.»

«Das muss es sein!», rief Mathilde aufgeregt. «Wo ist der Park?»

Doch da schaltete sich Utku wieder ein:

«Schon gut, Kollega, kenn ich Adresse. Danke!»

«Na, dann viel Glück!»

«Danke! Danke! Danke!», jubelte Mathilde und sprang aus dem Wagen.

## Sonderborg

Kriminalhauptkommissar Schlösser und seine Männer hatten sich im Kreis um das Aufnahmegerät gestellt und nun zum fünften Mal den Mitschnitt des Telefongesprächs gehört.

«Männer, ich halte fest», sagte Schlösser mit ernster Miene, «dieser Robin Kid ist total plemplem, aber clever. Die Stimme ist technisch perfekt verfremdet. Extortol, nehme ich mal an.»

Die Kollegen nickten.

«Er verschenkt diese Teddybärchen. Was können wir noch aus diesem Telefonat lernen?»

Sonderborg hatte eine Idee. Aber er traute sich nicht, sie vor allen Kollegen zu erzählen. Sonderborg war der Mann für die Technik, für Computer, Wanzen und solche Sachen, Ideen waren nicht sein Ressort.

«Egal was Ihnen aufgefallen ist, raus damit!», ermunterte Schlösser die Männer.

Sonderborg gab sich einen Ruck. «Chef, ich hätte da vielleicht eine Idee!»

Heinz hob den Kopf und fragte ungläubig: «Sie?»

Sonderborg räusperte sich: «Die Bärchen! Ich kenn mich da ein bisschen aus.»

Eine Kollegin kicherte.

«Inwiefern?», hakte Schlösser nach.

«Ich sammele Schnuffels», sagte Sonderborg kleinlaut.

«Wie schön für Sie! Sind Sie nicht schon ein bisschen zu alt für so etwas?»

«Klar, Chef. Ich wollt nur sagen, ich kenn mich aus, und die Schnuffels von Microplüsch sind die besten, und jetzt gibt es ja bald auch ein Bärchenland.»

«Sonderborg, müssen wir jetzt über ihre Hobbys sprechen?», fragte Schlösser ungeduldig.

«Ja, nein, die Eintrittskarten, Chef. Er hat gesagt: Sie brauchen Eintrittskarten, um Jasper wiederzusehen.»

Die Polizisten schauten Sonderborg mit großen Augen an. Sie begriffen, dass Sonderborg da einen Zusammenhang sah, verstanden aber noch nicht, welchen.

Sonderborg erklärte es Ihnen: «Er meint Karten fürs Bärchenland. Ich glaube, Robin Kid ist Billy Brasso, der Chef von Microplüsch.»

«Der hat doch eine total quäkige Stimme!», wandte Schlösser ein.

«Ja, normalerweise.»

«Wie schnell können Sie das Extortol aus der Stimme filtern?», fragte Heinz aufgeregt.

«In der Technik sofort!»

«Worauf warten wir?»

Kein Kollege wollte verpassen, was dabei rauskam. Der kleine Raum im Erdgeschoss war zum Bersten gefüllt.

Sonderborg hatte die CD mit dem Telefonmitschnitt in den Computer gesteckt. Auf dem Bildschirm waberte ein Oszillogramm auf und nieder.

«Hier diese regelmäßigen Kurven sind Ihre, Chef», erklärte Sonderborg. «Die anderen sind die von Robin Kid. Sie sind viel tiefer. Das Extortol glättet die hohen Frequenzen. Wenn ich die wieder reingebe, dann ...»

Sonderborg regelte mit dem Mauszeiger Rädchen und Schieber auf dem Bildschirm, und tatsächlich wuchsen die Kurven, wurden höher und höher, und nach einigem Justieren sagte eine hohe quäkige Stimme: «Sparen Sie Ihr Geld lieber für die Eintrittskarten, die Sie demnächst brauchen werden, um Ihren Sohn zu sehen.»

«Sie sind ein Genie!», rief Heinz Schlösser und verpasste Sonderborg einen dicken Schmatzer auf die Stirn. Die Kollegen johlten und schlugen Sonderborg auf die Schulter. Sonderborg genoss seinen Triumph!

«Wissen Sie, wo dieses Bärchenland gebaut wird, Sonderborg?»

Sonderborg nickte. Kriminalhauptkommissar Schlösser klatschte in die Hände und gab den Einsatzbefehl.

«Auf geht's! Eine Einheit fährt zu Brassos Büro, eine zu ihm nach Hause, und wir fahren in dieses Bärchenland!»

# Bärchenland

Als Harry den Chrysler auf den Parkplatz steuerte und Mathilde die dunkle Kulisse des ehemaligen Phantasiaparks erblickte, fühlte sie in ihrem Bauch ein schwarzes Loch, das allen Mut verschluckte.

In der Dunkelheit der Nacht erschienen ihr die Umrisse der Karussells, Achterbahnen und Fressbuden wie die Gemäuer einer Geisterstadt.

«Ein gespenstischer Tatort, liebe Zuschauer», moderierte Harry. «Mathilde, kannst du kurz beschreiben, was den Zuschauer als Nächstes erwarten wird?»

Harry hielt Mathilde das Mikrophon unter die Nase, sie starrte leer in die Dunkelheit hinaus.

«Hallo, Mathilde?», fragte Harry unsicher.

«Ich fühle Angst ...», sagte Mathilde.

«Na ja, so gespenstisch ist es nun auch wieder nicht», lachte Harry. «Ich hab ein bisschen übertrieben.»

«Das ist Jasper», sprach Mathilde weiter. «Er fühlt sich ... gefesselt ... machtlos ... er braucht mich!»

«Naja, das Schnuffelchen zu entführen ist so gefährlich ja nun auch wieder nicht.»

«Ich kann dir das jetzt nicht erklären. Glaub es mir einfach, wir müssen uns beeilen.»

Und damit stieg Mathilde aus dem Wagen und lief zum Eingang des Bärchenlands, den zwei goldene Schnuffelstatuen bewachten.

Harry und Alex folgten.

«Der Coup tritt in Phase A», moderierte Harry mit dramatischer Stimme. «Magic Mathilde wird einbrechen!»

Mathilde rüttelte an den Gitterstäben der Drehtür, die mit einem Eisenriegel verschlossen war.

«Oha, das ist noch alte Schlosserwertarbeit», kommentierte Harry. «Da hilft normalerweise nur ein Schweißgerät. Wir sind gespannt, mit welchem Trick Mathilde dieses Problem angehen wird.»

Mathilde nahm ein japanisches Stäbchen aus ihren Haaren und konzentrierte sich.

«Kannst du unseren Zuschauern erklären, was du …?»

«Ruhe!», herrschte ihn Mathilde an.

«Der Druck bei diesem Coup ist natürlich immens, liebe Zuschauer», moderierte Harry flüsternd, um sie nicht weiter zu stören.

Mathilde hängte eines ihrer Haargummis um die Spitze des Stäbchens, und als das Stäbchen zu leuchten begann, drehte sie es im Kreis. Immer schneller, bis das Haargummi um die Spitze herumwirbelte wie ein Hula-Hoop-Reifen um eine Hüfte. Kurz darauf leuchtete das Gummi wie ein Neonband im Schwarzlicht. Mathilde knüpfte es mit einer einfachen Schlaufe an den Eisenstab und zog am Gummi.

«Phänomenal, liebe Zuschauer, der Riegel ist elastisch wie Gummi! Ein sehr eleganter Trick, alle Achtung!»

Mathilde bog den Riegel zur Seite, und sie konnten das Bärchenland betreten.

«So einfach kann Einbrechen sein, liebe Zuschauer»,

moderierte Harry. «Da fällt mir ein: Wieso hast du diesen Trick nicht benutzt, als ihr damals den Pokal aus dem Käfig geklaut habt? Das wäre doch viel einfacher ...»

«Der ist nur für Fortgeschrittene», erklärte Mathilde kurz angebunden, denn sie hatte eine Tafel mit einem alten Plan des Phantasiaparks entdeckt und versuchte in der Dunkelheit, darauf die Elmstraße zu finden.

«Alex!», gab Harry seinem Kameramann einen Wink.

Der verstand sofort und leuchtete mit der Lampe seiner Kamera auf den Plan.

«Da! ‹Horrorhaus›», rief Mathilde. «Das muss es sein! Gleich hinter dem Park! Los! Da lang!»

«Augenblick, eben noch die Abmoderation für die Werbeunterbrechung!», sagte Harry und stellte sich in Position. «Wird Mathilde ihren Komplizen Jasper finden? Werden sie das Schnuffelbärchen entführen? Nach der Werbung werden Sie es wissen. Bleiben Sie dran!»

Kurze Zeit später hatten Mathilde und die beiden Männer von Crime TV das Haus in der Elmstraße 842 erreicht.

«Willkommen zurück bei ‹Beute heute› und der Räuportage aus dem Bärchenland. Wir stehen vor dem Horrorhaus, aus dem die genialen Ganoven das Schnuffelbärchen entführen wollen. Die Haustür ist natürlich verschlossen. Wir sind gespannt, ob Mathildes Finger noch warm genug sind für diese Aufgabe.»

Mathilde kramte in ihrer Jackentasche und holte einen Bund Plastik-Schlüsselchen hervor.

«Mit dem Babyspielzeug willst du ein modernes Sicherheitsschloss knacken?», fragte Harry erstaunt, aber Mathilde ließ sich nicht aus dem Konzept bringen: Sie ging die verschiedenfarbigen Schlüssel durch, entschied sich für den gelben, und hielt ihn an das Schloss. Es machte «Piep!», und die Tür sprang auf.

«Haben Sie das gesehen, liebe Kollegen? Dagegen kann kein Dietrich anstinken … Wir betreten jetzt das Horrorhaus. Es sieht genauso aus, wie Jasper es beschrieben hat. Aber wo ist Jasper?»

«Weg!», sagte Mathilde entgeistert, als sie die verlassene Empfangshalle sah. «Er ist weg!»

Das schwarze Loch in der Bauchgegend war wieder da. Mathilde flüchtete nach draußen. Sie hatte es geahnt, gespürt, gewusst, dass dieser Coup zu gefährlich sein würde. Dieses verfluchte Bärchen! Warum gab es keinen Trick, mit dem sie Jasper zu sich holen konnte?

Mathilde starrte ratlos über die Bäume des Parks hinweg in die Dunkelheit. Es war kein Stern am Himmel, noch nicht einmal der Mond leuchtete tröstend auf sie herab. Gerade stiegen zwei Tränen der Verzweiflung in Mathildes Augen, als sie bunte Lichter wahrnahm, ganz schwach, so als könnte sie von hier ein Polarlicht am Nordkap sehen. Mathilde wischte sich die Tränen aus den Augen, aber der Himmel über den Bäumen schimmerte noch immer bunt.

# Karussellfahrt

Hunderte rote, blaue und gelbe Lampen erstrahlten auf dem Dach des Kinderkarussells, das inmitten des Bärchenlands auf einem zugefrorenen See lag. Von einem Kassenhäuschen an Land führte ein Steg über das Wasser bis zum Karussell.

Dort saßen Jasper, Nils und Maximilian auf Stangenpferden und hörten frierend, was Billy ihnen zu sagen hatte:

«Liebe Kinder», quäkte er mit weit ausgestreckten Armen. «Riecht ihr das? Ein Gewitter liegt in der Luft. Ein Wintergewitter. Sie sind so selten wie frei lebende Bären und genauso mächtig! Eine Front eisiger Höhenkaltluft vom Pol stemmt sich gegen die frostigen und doch viel

wärmeren Luftschichten hier unten. Und schon haben wir ein Gewitter und die Energie, die wir brauchen, damit mein Traum, *euer* Traum in Erfüllung gehen kann. In dieser Nacht werdet ihr euch in Schnuffelbärchen verwandeln und ein neues Leben beginnen. Wenn dann bald der Frühling über das Land kommt und das Bärchenland seine Pforten öffnet, um Scharen von Kindern in meine Schnuffelwelt zu lassen, werdet ihr sie als lebende Schnuffels begrüßen! Die ersten lebenden Stoffteddys der Geschichte. Ist das nicht wunderbar?»

Nils und Maximilian schauten sich verwirrt an.

«Wie meinen Sie das, ‹lebende Stoffteddys›?», fragte Jasper.

«Ey, ist doch voll klar», tönte Heiko, der in einem Segelschiff abhing und sich köstlich amüsierte. «Der Chef fuzzioniert dich! Dann bist du kein Würstchen mehr, sondern …»

«Wer hat dir erlaubt zu reden, dämlicher Kerl?», fuhr Billy Heiko an, und in mildem Ton beruhigte er die Kinder: «Es geht ganz schnell. Der Blitz fusioniert eure liebe Kinderseele in die leblosen Körper meiner geliebten Schnuffelbärchen.»

Billy zeigte auf drei Stoffteddys, die im Führerhaus eines Karussellfeuerwehrwagens saßen.

Nils und Maximilian hatten genug gehört. Sie sprangen von den Pferden, setzten über das Geländer, das das Karussell umgab, und rannten davon. Hätten sie nur noch einen Moment gezögert, ihre Füße wären genauso gefesselt worden wie Jaspers. Billy hatte einen geheimen Knopf gedrückt, worauf eiserne Fußfesseln zugeschnappt waren.

«Was ist denn? Wo wollt ihr denn hin? Ihr müsst doch keine Angst haben!», rief er Nils und Maximilian nach. «Los, Heiko, Ulf, fangt sie wieder ein!»

«Ich bin nicht dämlich!», sagte Heiko und blieb beleidigt in dem Schiffchen liegen.

«So hab ich das doch nicht gemeint. Ulf, lauf du! Lauf!», flehte Billy.

Ulf dachte gar nicht daran. Billy hatte seinen Bruder beleidigt. Wenn er nicht sein Chef gewesen wäre, hätte er ihm für den Spruch mindestens eine Kopfnuss verpasst.

«Oh, nein! Es wären so feine Schnuffelbären aus ihnen geworden», jammerte Billy.

«Sie haben ja noch das Würstchen!», erinnerte Heiko. «Wenn Sie den verschnuffeln, reicht auch voll.»

Einer ist besser als keiner, dachte sich Billy und drückte einen zweiten Knopf. Fröhliche Kindermusik plärrte aus den Boxen, und das Karussell begann sich gemächlich zu drehen.

«Sie sind ja total wahnsinnig!», schrie Jasper. «Ich will hier raus! Hilfe!»

«Hört dich eh keiner!», freute sich Ulf.

Aber da irrte Ulf. Mathilde hörte Jasper. Sie lief mit Harry und Alex auf den See zu. Sie hörte die Musik, und sie sah das bunte Karussell auf dem See.

Es drehte sich wie ein UFO, das gerade startete und ihren Jasper in eine andere Galaxie entführen wollte. Und tatsächlich wurde das Karussell in die Höhe gehoben!

«Das Ding hebt ab!», rief Harry. «Alex, fang das für unsere Zuschauer ein!»

Alex blieb stehen und schulterte die Kamera.

«Spinnt ihr? Wir müssen Jasper helfen!», schimpfte Mathilde, riss ihm die Kamera aus der Hand und rannte damit weiter.

Das Karussell schwebte bereits kniehoch über dem Boden. Alex überholte Mathilde und sprang aus vollem Lauf auf das Gefährt auf. Er bekam das Geländer zu fassen und legte sich flach hin. Auch Harry schaffte den Aufsprung.

«Eh, Harry», staunte Ulf, «was machst du denn hier?»

«Na, einen Bericht über Billy und euch zwei Genies drehen. Was glaubt ihr denn?»

Als Mathilde das Karussell erreichte, war der Boden bereits auf Augenhöhe.

«Alex!», rief sie und reichte die Kamera hoch. Alex packte die Kamera, verfehlte aber Mathildes Arm. Ihr blieb nichts anderes übrig, als es selbst zu versuchen. Mit beiden Händen fasste sie den Rand des Karussellbodens und versuchte sich hochzuziehen, aber sie war zu schwach. So musste sie mit dem Karussell mitlaufen, über das Eis! Es knackte unter ihren Schritten. Das Karussell stieg weiter und weiter in die Höhe. Mathilde hing jetzt am Karussellboden – lange würde sie sich nicht so halten können und auf das Eis stürzen und einbrechen. Alex krabbelte auf allen vieren am Karussellrand entlang und kam ihr zur Hilfe, fasste ihre Handgelenke.

«Fuß hoch!», rief Alex.

Der kann ja sprechen, dachte Mathilde, während sie ihr linkes Bein hochschwang und die Fußspitze auf den Karussellboden brachte. Alex bekam ihr Bein zu fassen und zog sie hoch.

Für einen Moment lagen sie da, verschnauften und drehten sich weiter in den nächtlichen Himmel empor.

«Was jetzt?», fragte Alex.

«Lenkt Billy und die Brockmanns ab!»

Alex machte mit den Fingern ein Okay-Zeichen, nahm die Kamera und zog sich am Geländer hoch.

«Das Bärchenland hat noch nicht geöffnet!», protestierte Billy quäkend, als Alex und Harry das Karussell enterten. «Fahren ohne Ticket ist nicht gestattet!»

Harry hörte nicht auf ihn und machte stur seinen Job. «Willkommen zurück zu ‹Beute heute›! Crime TV berichtet exklusiv aus dem Microplüsch-Bärchenland, der neuen Attraktion in der Stadt, für Kinder jeden Alters. Für alle Bärchenfans und die, die es noch werden wollen. Bei mir ist der Mann, dem wir diesen sensationellen Park zu verdanken haben: Billy Brasso.»

Besser hätte Harry die Situation gar nicht entschärfen können: Billy fühlte sich von Harrys Anmoderation mächtig geschmeichelt und kam auf ihn zu.

«'n Abend allerseits!», grüßte er verlegen in die Kamera.

Und auch die Brockmanns hatte Harry in seinen Bann

gezogen: Sie tänzelten hinter Billy auf und ab und winkten in die Kamera: «Huhuu! Wir sind's: Ulf und Heiko! Cool, wir sind bei ‹Beute heute› drin.»

Harry ging ein paar Schritte, bis die kleine Interviewgemeinde so postiert war, dass sich zwischen ihnen und Jasper die Säule in der Mitte des Karussells befand. So konnten Billy und die Brockmann-Brüder nicht sehen, dass Mathilde über das Geländer kletterte und zu Jasper schlich.

«Psst!», machte sie.

Als Jasper sich zu ihr umdrehte und ein Lächeln der Erleichterung über sein Gesicht huschte, konnte sie nicht anders und umarmte ihren Partner.

«Endlich!», seufzte Mathilde.

Jasper schloss die Augen und konnte ihr Haar riechen. Für einen Moment war er auf der großen Wiese im Freibad und sah die Pappelpollen fliegen.

Dann fegte eine frostige Böe über das Karussell und nahm den kleinen Traum mit sich.

«Mathilde, wir müssen den Spinner aufhalten! Der steuert das Karussell direkt in die Gewitterwolken!»

«Wozu macht der das?»

«Er denkt, wenn der Blitz einschlägt, dann wandere ich in das Bärchen und erwecke es zum Leben.»

«Oh, Mann, hat der keinen Physikunterricht gehabt? Ohne Blitzableiter verbrutzeln wir hier alle!»

«Ich sitz auf dem Gaul fest, Mathilde!»

«Haben wir gleich», sagte sie aufgeregt und kramte in

ihrer Jacke nach dem Plastikschlüssel. Sie hielt ihn an eine Schelle. Kein Piepen. Die Fesseln blieben verschlossen.

«Mist! Die Schellen haben kein Schloss.»

«Na und?»

«Ohne Schloss funktioniert der Schlüsseltrick nicht!»

«Dann tricks das Karussell wieder auf den Boden. Und beeil dich!»

«Mach keinen Stress, sonst fällt mir nichts ein!»

Jasper grummelte.

Mathilde ging fieberhaft sämtliche Tricks für freche Mädchen durch, die sie beherrschte. Es war keiner dabei, der Karussells stoppte, und keiner, mit dem sie Jaspers Fesseln hätte öffnen können. Sie verfluchte das Haargummi, das sie am Parkeingang hatte hängen lassen. Es war zum Schreien. Sie bekam Panik. Und Panik war Gift für einen guten Trick.

Zum Glück war Harry Singvogel ein echter Vollprofi. Er wollte Jasper und Mathilde so viel Zeit wie möglich geben und fragte deshalb Billy Löcher in den Bauch.

Der Schwenkarm, mit dem das Karussell in die Höhe gehoben wurde, war jetzt nahezu komplett ausgefahren. In 40 Meter Höhe wackelte er wie eine Mohnblume im Wind. Harry musste schreien, damit Billy ihn gegen den Wind überhaupt verstand: «Sie glauben wirklich, Sie können dem Teddy Jaspers Leben einhauchen?»

«Mit Hilfe des großen Schnuffelbären geht alles!», sagte Billy in das Mikrophon.

«Wie genau soll das funktionieren?»

Billy zeigte aus dem Karussell. «Sehen Sie die Gewitterfront in Nordwest?»

Harry sah nur schwarze Nacht.

«Dort, die dunklen Wolken!»

«Uah, voll der fette Blitz!», rief Heiko.

«Ah ja, da!», erkannte jetzt auch Harry.

«Die Bärchenfigur auf dem Dach des Karussells ist aus purem Eisen! Der Blitz muss dort einschlagen! 200 000 Ampere!» Billys Stimme überschlug sich vor Begeisterung. «Der Strom fließt durch die Figur, dann durch das Karussellpferd und durch Jaspers Körper. Dabei nimmt er Jaspers Seele, seinen Verstand und seine Gefühle und schleust sie über die Kabel zum Schnuffelbärchen. Und es erwacht zum Leben! Halleluja!»

«Und wir haben dem Chef geholfen!», verkündete Ulf stolz und trommelte sich mit den Fäusten auf die Brust. In der Ferne blitzte es zum zweiten Mal, und ein paar Sekunden später krachte der Donner.

«Ist das nicht gefährlich?», rief Harry.

«Wo denken Sie hin! Der Blitz wird durch den Hebearm in den See abgeleitet und geerdet. Uns kann nichts passieren.»

«Ich dachte auch mehr an Jasper!», hakte Harry nach.

«Der Junge wollte mich im Kaufhaus der Polizei ans Messer liefern, so was macht man nicht.»

«Oh, da haben Sie aber was falsch verstanden. Jasper ist eigentlich ein viel versprechender Nachwuchsganove, wissen Sie. Gut, sein Vater ist ein Bulle, aber da kann der Junge ja nichts für. Jedenfalls würde er deshalb noch lange nicht mit den Bullen kooperieren.»

«Er wollte mein Lebenswerk zerstören. Jetzt darf er es vollenden! Mein Genie und meine Vision machen ihn zur Weltattraktion!»

Heiko lachte Harry ins Gesicht. «Ja, Fernsehfuzzi, da staunst du, wa? So 'ne Nummer wie die von Billy hatteste noch nicht in deiner Show! Und wir sind Billys Team!»

Harry sprach ernst in die Kamera: «Wird Jasper, werden wir den Blitzschlag überleben? Oder wird das fiese Experiment von Billy Brasso gelingen? Bleiben Sie dran! Nach der Werbung werden wir es wissen.»

Das Gewitter kam näher und näher. Das Karussell drehte sich weiter bunt blinkend über dem Erlebnispark. Harry nahm das Mikrophon runter. Er fühlte sich schlecht.

«Das ist Wahnsinn, Alex! Wenn wir heil aus der Sache hier rauskommen, hänge ich Crime TV an den Nagel.» Harry seufzte. «Lass uns sehen, was Jasper macht.»

Sie traten auf die andere Seite des Karussells.

Von Mathilde keine Spur. Jasper lächelte so, als wollte er sagen: «Das wird schon.»

Billy traf die letzten Vorkehrungen für die Fusion. Er kontrollierte noch ein letztes Mal die Kabelverbindung zwischen Fußschellen und Bärchen.

«Willkommen zurück zu ‹Beute heute›», begrüßte Harry seine Zuschauer. Eine fette Kröte saß in seinem

Hals. «Wie gerne würde ich Ihnen jetzt wie geplant die Räuportage zweier genialer Ganoven zeigen. Stattdessen werden wir Zeuge des fiesesten Verbrechens in der Geschichte von Crime TV.»

Harry schritt zwischen den Karusselltieren hindurch. «Das Opfer ist Superhirn Jasper, so ein talentierter Ganove. Eine große Karriere wird zerstört von einem Wahnsinnigen, so deutlich muss man das sagen.»

Harry schüttelte verbittert den Kopf.

«Das Gewitter kommt näher. Möchtest du noch etwas sagen, Jasper? Letzte Worte!»

«Danke, Harry. Ich habe noch eine letzte Bitte an Billy Brasso!»

«Das können Sie ihm nicht abschlagen, Billy!»

«Darf ich einmal Ihren Schnuffelbären knuddeln?», fragte Jasper.

«Nein!», sagte Billy wie ein Kindergartenkind. «Das ist meiner! Mein geliebter Schnuffel!»

«Aber Kinderwünsche sind doch Befehl!», sagte Jasper. «Das haben Sie selber gesagt. Stimmt's, Harry?»

«Na gut, aber nur ganz, ganz kurz», sagte Billy widerstrebend und übergab Jasper das zerzauste Bärchen.

Jasper hielt den Kopf des Bärchens an seinen Mund.

«Bäh, was machst du denn? Er bekommt ja Schnupfen!», keifte Billy und wollte das Bärchen wieder haben.

«Keinen Schritt weiter!», drohte Jasper. «Oder ich beiße ihm beide Ohren ab!»

«Eh, Würstchen, lass den Cheffel vom Schnuff los! Oder du segelst vom Karussell», drohte Heiko.

«Niemand segelt!»

«Scheiße, die Tussi!»

Hinter dem Segelschiffchen war Mathilde aufgetaucht. Ihre Finger waren nicht mehr die wärmsten, aber diesen Trick hatte sie schon so oft bei ihren Eltern angewandt, den kannte sie aus dem Effeff. Mathilde wirbelte eine glühende Zackenlinie mit dem Stäbchen in die Luft, und goldener Glitter rieselte auf Ulf und Heiko herab.

Von einer unsichtbaren Kraft geschoben, gingen die beiden aufeinander zu und umarmten sich, sie umklammerten sich regelrecht, herzten sich, gaben sich Küsschen, als würden sie sich nach Jahren der Trennung endlich wiedersehen. Und sie konnten auch nicht mehr voneinander lassen.

«Scheiße, hör auf mit der Knutscherei, Ulf, ist ja eklig!»

«Lass mich doch einfach los!»

Wieder zuckte ein Blitz am Himmel, und der Donner folgte nur zwei Sekunden später.

«Öffnen Sie sofort die Fußfesseln!», schrie Mathilde. «Oder Jasper frisst ihren Schnuffelbären mit Haut und Haaren.»

«Nein, nein! Mein Schnuffischnuff», jammerte Billy und hastete mit Tränen in den Augen zur Säule, wo er auf den Knopf drückte. Die Fesseln öffneten sich. Erleichtert stieg Jasper von dem Stangenpferd.

«Gib mir meinen Schnuffelbären zurück», flehte Billy.

«Erst bringen Sie das Karussell wieder auf die Erde!», forderte Jasper.

«Das ist gemein!», quäkte Billy, aber er gehorchte und drückte einen weiteren Knopf.

Ein Ruck ging durch das Karussell, und der Schwenkarm beugte sich nach unten.

«Geht das nicht schneller?»

Billy Brasso erhöhte das Tempo.

«Ist das zu fassen, meine Damen und Herren?», berichtete Harry begeistert. «Jasper und Mathilde haben das Blatt im letzten Moment gewendet! Und der Schnuffelbär befindet sich in Jaspers Gewalt. Die genialen Ganoven sind wieder im Geschäft!»

«Du hast es versprochen!», flehte Billy Jasper an und streckte beide Hände nach seinem Bärchen aus.

«Tja, da hat Billy sich verrechnet», frohlockte Harry. «Jasper hat eiskalt gezockt und wird seinen Entführer nun abblitzen lassen. Er wäre ja auch schön dumm, wenn er …»

«Hier, bitte!», sagte Jasper und gab Billy das Bärchen. Billy knutschte sein über alles geliebtes Stofftier ab.

«Oh, nein! Was macht er denn da?», stöhnte Harry und hielt Mathilde das Mikrophon unter die Nase. «Mathilde, eine Katastrophe! Eine Finte wie aus dem Lehrbuch und dann das! Wie konnte das passieren?»

«Wieso?», fragte Mathilde verständnislos. «Schau dir Billy an!»

Der große Spielzeugmagnat kauerte ganz klein auf dem Boden, streichelte sein Schnuffelbärchen und flüsterte ihm tröstende Worte ins Ohr.

«Er ist ein Häufchen Elend!»

«Liebe Zuschauer, Komplize Mitleid hat dem Nachwuchs die Tour vermasselt. Dabei muss man sich fragen: Darf man mit dieser Kreatur Mitleid haben?»

«Natürlich», schrie Billy Harry an. «Sie haben ja keine Ahnung, wie viel Arbeit ich in diesen Traum gesteckt habe! Ich habe acht Semester Meteorologie studiert, um dieses Wintergewitter vorhersagen zu können! Dazu noch Medizin, Elektrophysik und die Anatomie des Stofftieres. Und das alles neben meiner Arbeit als Spielzeugtycoon! Der lebende Schnuffel wäre eine Weltsensation gewesen!

Die Kinder hätten Jasper mit Liebe überschüttet. Darum ist es mir immer gegangen: um Liebe!»

In der Ferne ertönten Polizeisirenen.

«Hören Sie das?», Harry hielt das Mikrophon über das Geländer. «Noch nie habe ich mich so über die Ankunft der Grünen gefreut.»

Auf einmal hatte es Billy eilig. Er setzte den Schnuffel in den Feuerwehrwagen, nahm auf einem Stangenpferd Platz und legte die Fesseln um seine Fußgelenke.

«Was machen Sie denn da?», rief Mathilde.

«Ich lasse mir meinen Traum nicht zerstören! Fusioniere ich eben mein Schnuffelchen und mich, die beiden Einzigen, die diese Ehre verdient haben!»

Keiner sagte etwas. Selbst Harry war still. Nur das dumpfe Geräusch des Karussells war zu hören, als es auf dem Steg aufsetzte.

«Geht! Geht! Lasst uns allein!» Billy wischte sich die Tränen aus den Augen.

«Das funktioniert nicht! Sie werden sterben! Kommen Sie von dem Karussell runter!», rief Jasper.

Ulf und Heiko, immer noch umklammert wie ein Liebespärchen, flüchteten als Erste und traten sich dabei gegenseitig auf die Füße.

Billy blieb auf dem Pferd sitzen wie ein kleiner Junge, der nicht genug kriegen konnte.

«Mathilde, los, komm schon!», rief Jasper. «Der Blitz kann jeden Moment einschlagen!»

Die Wolke über dem Karussell war pechschwarz.

Alex filmte das bunte Gefährt aus sicherer Entfernung. Dort stand Mathilde und malte mit einem Stäbchen ein wildes Lichtstreifenknäuel in die Luft, die kurz darauf für einen Moment magisch glitzerte. Dann rannte sie davon. Ein Blitz zuckte vom Himmel und krachte mit ohrenbetäubendem Donner in die Bärenfigur auf dem Karussell. Der Strom tanzte lodernd über Pferdchen, Segelschiffchen und Feuerwehrautos. In Sekundenschnelle brannten ihre Mähnen, die Zügel und alles, was sonst noch nicht aus Eisen bestand.

Dann begann es heftig zu schneien.

## Geniale Helden

Heinz Schlösser wickelte warme Decken um Jasper und Mathilde und nahm seinen Sohn in die Arme. Das Team vom Kinderfernsehen filmte die Szene.

«Liebe Kinder», sprach Harry ergriffen in die Kamera, «Sie sehen hier zwei geniale … äh, Helden! Jawohl, Helden! Sie haben ihren Sie-wissen-schon vermasselt, aber dafür haben sie unsere Leben gerettet! Jasper und Mathilde haben uns alle aus den Klauen eines Verrückten befreit! Und darauf kann Jaspers Vater zu Recht stolz sein!»

Heinz drückte Jasper, streichelte ihm über den Kopf und küsste ihn. Er konnte sein Glück kaum fassen. «Ist es

nicht schön?», schluchzte Harry. «Ach, ich liebe diesen Job!»

«Eh, Bulle, dein Picco ist ein Ganove!», rief Ulf Heinz Schlösser aus einem vergitterten Mannschaftswagen zu.

«Voll der Gangster!», rief Heiko, der immer noch nicht von seinem Bruder lassen konnte. «Frag Harry, wenn du uns nicht glaubst! Und die Tussi ist 'ne kleine Hexe!»

Was sich die Jungs nicht alles einfallen ließen, wenn sie in der Klemme steckten, dachte Heinz.

«Eh, glaubst du uns nicht? Wir haben Beweise! Wir sind nämlich nicht dämlich!»

Kriminalhauptkommissar Schlösser winkte den Kollegen Reinhardt zu sich. «Reinhardt, sorgen Sie dafür, dass die beiden Spinner in U-Haft gebracht werden, und dann fahren Sie den Ganoven Jasper und die Hexe nach Hause!»

«Zu Befehl», lachte Reinhardt.

## Ganoven des Monats

Die Ganoven im *Café Lebenslänglich* starrten gebannt auf den Fernseher über der Theke. Es lief «Beute heute» mit Harry Singvogel.

Auch Jasper und Mathilde waren unter den Zuschauern. Kuddel hatte ihnen einen «Nacht und Nebel» auf Kosten des Hauses gemixt. Jasper knabberte nervös an den Strohhalmen herum. Mathilde hielt seine Hand.

Harry Singvogel trug ein goldenes Jackett und war so gut aufgelegt wie schon lange nicht mehr.

«Vor knapp drei Wochen, liebe Zuschauer, herrschte hierzulande eine Eiszeit, und an allen Ecken lauerten die Bullen. Lange sah es so aus, als müsste ‹Beute heute› auf eine Räuportage verzichten. Selbst gewiefte Kollegen trauten sich unter diesen Umständen keinen Coup zu. Dann kamen zwei geniale Nachwuchsganoven und schlitterten in einen Coup, der so wahnsinnig war wie sein Opfer. Begrüßen Sie mit mir heute Abend im Studio Jasper und Magic Mathilde.»

Das Publikum im Studio applaudierte, und die Ganoven im Lebenslänglich johlten. Zum ersten Mal sahen sich Jasper und Mathilde im Fernsehen. Und obwohl sie eine wirklich gute Figur machten, als sie ins Studio liefen, wären beide am liebsten im Erdboden versunken. Es war ihnen jetzt unglaublich peinlich.

Harry Singvogel begrüßte die beiden Stars seiner Sendung herzlich, und sie nahmen wie schon einmal auf dem roten Ledersofa Platz.

«Mathilde, Jasper, der Coup ist nun fast drei Wochen her. Wie ist es euch danach ergangen?»

«Erst mal habe ich richtig ausgeschlafen», sagte Jasper. «Und dann, meine Mama weiß ja nur von der Entführung …»

«Und wehe, jemand erzählt ihr noch was anderes», unterbrach Harry Jasper.

«Das haben die Brockmanns schon vergeblich versucht. Jedenfalls war sie so froh, dass mir nichts passiert war, sie hat mich verwöhnt wie einen kleinen Prinzen, damit ich den Schock möglichst bald überwinde.»

«Wie hat sie das gemacht?»

«Mit einem Schnitzel, so groß wie ein Essteller, Rapunzelsalat mit extra viel Sauce und zum Nachtisch einen XXL-Becher selbst gemachtes Vanilleeis mit heißen Himbeeren», sagte Jasper und strahlte.

«Meine Eltern haben mich ja leider gar nicht vermisst», erzählte Mathilde. «Also haben sie sich auch keine Sorgen gemacht. Sie machen sich eh nie Sorgen um mich.»

«Solche Eltern hätte ich auch gerne gehabt», kommentierte Harry.

«Aber schlafen musste ich auch erst mal gründlich!»

«Kein Wunder. Der Coup hatte es ja auch in sich, liebe Zuschauer. Und jetzt wollen wir Sie auch nicht länger auf die Folter spannen und Ihnen zeigen, was die beiden erlebt haben. Spannende Unterhaltung!»

Die Räuportage begann.

Das eigene Abenteuer noch einmal zu erleben, zu sehen, wie sie im Megastore die Sicherungsanlage ausschalteten, wie Jasper das Bärchen klaute und dann der Trick vor dem Kaufhaus danebenging, war für Jasper und Mathilde befremdlich und lustig zugleich. Vor allem die Babyrülpser in der Warnanlage sorgten bei den Ganoven für großes Gelächter.

Dann kam der Moment, als Jasper entführt wurde.

Die Ganoven brausten regelrecht auf, waren wütend. Wie konnten die Brockmanns es wagen?

Als dann die Räuportage unverhofft im Bärchenland weiterging, war die Spannung im Lebenslänglich zum Greifen.

«Mistwerbung», fluchte ein Ganove, als Harry vor der Szene im Horrorhaus unterbrach.

Kuddel nutzte die Pause und servierte frische Getränke.

«Und?», fragte Mathilde Jasper.

«Kommt mir vor, als wär's gestern gewesen», sagte Jasper.

«Zum Glück ist es schon länger vorbei», sagte Mathilde,

und Jasper konnte ihr nur Recht geben, als er Alex' Bilder vom Karussell sah. Mann, war das hoch!

Als Mathilde und Jasper endlich gerettet waren, war der Jubel im *Lebenslänglich* groß. Die Fusion von Billy dagegen nahmen sie still und eher bestürzt auf.

Umso mehr Spaß machte allen der Trick, den sich Mathilde für die Brockmanns ausgedacht hatte. Zwei Ganoven umarmten sich spontan und maulten «Lass das, Heiko!» und «Du hältst mich doch fest!» in dem typisch dumpfen Brockmann-Tonfall.

Die letzte Werbeunterbrechung kam, nachdem Reinhardt mit Mathilde und Jasper im Einsatzwagen vom Tatort weggefahren war.

Die Ganoven im *Lebenslänglich* applaudierten Jasper und Mathilde. Sie waren ehrlich beeindruckt, mit wie viel Mut sich die beiden gegen Billy zur Wehr gesetzt hatten.

Nach einem Werbespot für besonders günstiges Falschgeld aus Fernost tauchte noch einmal Harry Singvogel auf. Allerdings nicht im Studio, sondern im Bärchenland.

«Hä? Was kommt den jetzt noch?», fragte Kuddel.

Die Ganoven schauten irritiert in den Fernseher, Jasper und Mathilde wussten natürlich, was kommen würde, verrieten aber nichts.

«Willkommen zurück zu unserer Räuportage aus dem Bärchenland.»

Alex' Kamera filmte an Harry vorbei und zeigte das verbrannte Karussell, unbeleuchtet und nur als Schatten im Dunkel des Abends zu erkennen.

«Ein Tag ist jetzt vergangen, seit dem der Blitz in die Topattraktion des Bärchenlandes eingeschlagen ist. Der Schnee schmilzt, das Eis auf dem See ist getaut, und man könnte meinen, der Coup der genialen Ganoven ist Geschichte. Aber da haben Sie sich getäuscht, liebe Zuschauer. Hallo, Jasper, hallo, Mathilde!», grüßte Harry.

«Hi, Harry!», grüßten die beiden Freunde und winkten in die Kamera.

«‹Kehre nicht an den Tatort zurück!›, lautet eine alte Ganovenweisheit. Warum seid ihr zurückgekommen?»

«Wir sind noch nicht fertig mit dem Coup», sagte Jasper ganz selbstverständlich.

«Ah ja», staunte Harry. «Aber was für ein Ding wollt ihr in der Ruine noch drehen?»

«Wirst du schon sehen», sagte Mathilde.

Jasper und Mathilde krochen unter dem rot-weißen Band durch, mit dem die Polizei den Tatort für weitere Untersuchungen abgesperrt hatte, und liefen den Steg hinab.

Alex filmte das Karussell: Da war nichts, was nicht verbrannt oder angekokelt war. Vertrockneter Löschschaum überzog die Karusselltiere. Jasper und Mathilde gingen am Geländer entlang.

«Da ist es, Jas», sagte Mathilde.

«Könnt ihr unseren Zuschauern sagen, was?»

«Das Feuerwehrauto!» Jasper zeigte auf das kleine Gefährt, das einmal rot gewesen war und jetzt schwarz-weiß vom Ruß und Schaum war. Jasper stieg über das Geländer, zog einen Handschuh an und öffnete die Tür des kleinen Führerhäuschens.

«Schau!», sagte Jasper und grinste triumphierend.

Alex filmte hinein.

Dort saß er.

Billys zerzauster Schnuffelbär.

«Aber wie ist das möglich? Warum ist das Stoffding nicht verbrannt?»

«Faraday'scher Käfig», sagte Mathilde.

«Fara was?», fragte Harry.

Jasper rollte mit den Augen. «Was ist der sicherste Ort bei einem Gewitter?»

«Ein Auto», wusste Alex.

«Genau, denn ein Auto ist ein Faraday'scher Käfig.»

«Das Bärchen saß in einem Feuerwehrauto. Das hat es gerettet.»

«Genial, liebe Zuschauer. Damit entführen Jasper und Magic Mathilde Billys Bären doch noch! Allerdings gibt es nun niemanden mehr, den sie erpressen können. Zu schade.»

Jasper holte das Bärchen aus dem Feuerwehrauto und pustete ihm den Ruß vom Gesicht.

«Behandelt man so ein Schmusetier?», quäkte da eine Stimme.

Harry stutzte.

«Den ganzen Tag sitze ich jetzt schon in der Kälte!», quäkte die Stimme weiter.

Mathilde und Jasper schmunzelten.

«Seien Sie froh, dass wir überhaupt noch gekommen sind», sagte Jasper.

«Das glaube ich nicht. Die Fusion hat funktioniert?», fragte Harry, und im *Café Lebenslänglich* fielen die Ganoven reihenweise von den Barhockern.

«Natürlich nicht», erklärte Mathilde stolz. «Aber ich konnte Billy ja nicht einfach verbrutzeln lassen, also habe ich meinen alten Vertauschetrick nochmal ausgepackt. Läuft aufs selbe hinaus.»

«Muss ich da jetzt auch noch dankbar für sein?», fragte der Billyschnuffel.

«Immerhin sind Sie der erste lebende Teddybär der Welt, wenn ich das richtig sehe», sagte Harry und hielt dem Schnuffel das Mikro ins zerzauste Gesicht. «Was gedenken Sie zu tun?»

Billy wollte gerade etwas ins Mikrophon quäken, aber Jasper ließ ihn nicht zu Wort kommen.

«Wir haben da auch schon eine Idee: Billy gewährt freien Eintritt in den Bärchenpark und immer frei Einkaufen im Toystore für alle Kinder aus dem ‹Haus Regenbogen›.»

«Das ist geschäftsschädigend!», quäkte Billy.

«Na und? Wir haben Sie entführt, und wenn wir Sie freilassen sollen, gehen Sie besser auf unsere Bedingungen ein.»

«Also gut», gab Billy klein bei.

«Wenn das mal nicht ein Coup in allerletzter Sekunde war. Harry Singvogel für Crime TV und ‹Beute heute›. Zurück ins Studio.»

Das Publikum applaudierte stürmisch.

Harry Singvogel und die beiden Freunde mussten lange warten, bis der Applaus abgeebbt war.

«Euer Applaus!», klatschte Harry ihnen demonstrativ zu.

«Danke, Leute, echt nett!»

«Liebe Zuschauer, jetzt kommt es auf Sie an! Diese Räuportage startet konkurrenzlos. Aber damit die beiden den Ganoven des Monats gewinnen, muss mindestens eine SMS für diesen Coup stimmen. Wenn Sie also finden, dass die Entführung von Billys Bärchen das Zeug zum Ganoven des Monats hat, schicken Sie ‹BB› für Billys Bärchen an die 0137 131313 – für supergünstige 3,90 Euro pro SMS. Und denken Sie daran: Je mehr SMS die beiden bekommen, umso höher die Chance, am Jahresende den Ganoven des Jahres einzuheimsen.»

Im *Lebenslänglich* fluchten die Ganoven über den Wucherpreis, aber alle hatten ihre Handys gezückt und verschickten eine SMS nach der anderen.

«Wir machen euch zu den Ganoven des Jahres», tönte Kuddel.

# Wetterschau

Lydia Langfinger zeigte mit ihren berühmten Fingern auf die Wetterkarte, auf der eine große Sonne abgebildet war.

«Liebe Ganoven! Der Frühling ist da!», sagte sie fröhlich. «Und er bleibt noch die ganze nächste Woche mit Temperaturen um die 22 °C! Nutzen Sie die Chance und gehen Sie raus in die Natur. In die Biergärten und Cafés, wo die Ausflügler nur darauf warten, beklaut zu werden. Das Leben ist schön!»

**Christian Matzerath**

wurde 1965 in Düsseldorf geboren und lebt da mit seiner Frau und seinen beiden Mädchen. Nachdem er viel schlaues Zeug studiert hat, schreibt er Geschichten z. B. für die Mainzelmännchen oder Bibi Blocksberg und knifflige Fragen für Günther Jauch und Dennis Wilms. Außerdem schreibt er gemeinsam mit ein paar Freunden lustige Bücher für Erwachsene. Die Abenteuer der genialen Ganoven sind seine ersten Bücher für Kinder ab 9.